Manuela Kusterer

Tamara, ihr Leben und das Café

3. Auflage Februar 2022
Covergestaltung: Peter Kusterer
Foto Umschlag: Adobe-Stock
Zeichnungen: Gertrude Gebauer
Herstellung und Verlag:
BoD - Books on Demand, Norderstedt
ISBN: 978-3-7481-8328-0

Buch

Bis vor ein paar Wochen war Tamara mit ihrem Leben rundum zufrieden gewesen. Das lag auch daran, dass ihr das Arbeiten im Café ihrer Freundin Eliane sehr gut gefällt. Immer ist sie für ihre Gäste da, vor allem, wenn diese Sorgen oder Probleme haben. Bis ihre eigene Welt plötzlich aus den Fugen gerät. Ihr Ehemann verhält sich seltsam und Tamara weiß nicht warum. Dass eine andere Frau im Spiel ist, glaubt sie eigentlich nicht, da er sie nach wie vor sehr liebevoll behandelt. Aber was ist es dann? Dazu kommt noch, dass sie Gefühle für einen anderen Mann entwickelt. Verzweifelt versucht sie sich dagegen zu wehren und ihre Ehe zu retten……

Autorin

Manuela Kusterer, in Pforzheim geboren, Jahrgang 1964, lebt heute mit ihrem Mann und ihren zwei erwachsenen Söhnen in der Nähe von Karlsruhe. Dieser Roman ist die Fortsetzung von „Die Liebe, das Leben und die täglichen Katastrophen" und spielt in Pforzheim. Außerdem hat die Autorin vier Regionalkrimis geschrieben, die im Nordschwarzwald spielen. Dann gibt es noch drei Kriminalromane, die in Pforzheim, Karlsruhe und Berlin angesiedelt sind.

Besuchen Sie die Autorin im Internet
www.manuelakusterer.com
oder in Facebook:
@autorinmanuelakusterer

Dieses Buch widme ich meiner lieben Oma

Tamara, ihr Leben und das Café

Fortsetzung von „Die Liebe, das Leben und die täglichen Katastrophen"

Tamara

Tamara saß hinter der Theke auf einem Hocker und hatte das Gesicht in ihre Hände gelegt. Seit sie in Elianes Café beschäftigt war, wirkte sie viel ausgeglichener. Sie hatte es eigentlich nicht nötig zu arbeiten, weil ihr Ehemann Geschäftsführer einer marktführenden Firma war und sehr gut verdiente. Aber Tamara genoss die Zeit hier mit den Gästen, und vor allem fühlte sie sich sehr wohl in ihrem Freundeskreis. Hatte sie sich doch früher mehr mit den Reichen und Schönen abgegeben und den wahren Wert der Freundschaft erst durch Eliane und deren Freundinnen kennengelernt. Diese bedeuteten ihr sehr viel, besser gesagt, sie hatten ihr ganzes Leben verändert. Ihr wurde erst jetzt bewusst, wie sehr sie sich zuvor doch oft gelangweilt hatte. Nun riss sie sich mit Gewalt aus ihrer Gedankenwelt. Hier war alle Arbeit getan. Das Café hatte geschlossen, alle Tische waren für den nächsten Tag gerichtet, sogar geputzt hatte Tamara, da die Putzfrau krank war. Jetzt saß sie hier und konnte sich nicht entschließen, nach Hause zu gehen. Sie musste sich eingestehen, dass sie sich in letzter Zeit dort nicht mehr wohl gefühlt hatte. Irgendetwas war geschehen.

Markus, ihr Mann war so verändert und sie konnte nicht einschätzen, warum dies so war. Sie konnte sich nicht vorstellen, dass er eine Geliebte hatte, nein, das glaubte Tamara wirklich nicht. Sie hatte auch nicht das Gefühl, dass er sie nicht mehr liebte. Nein, das war es auch nicht. Er war immer sehr aufmerksam zu ihr, aber er begehrte sie nicht mehr. Gut, wenn sie ehrlich war, ihr Sexleben war von Anfang an nicht so berauschend gewesen. Aber dafür hatten sie viele Gemeinsamkeiten. Man konnte sagen, sie lagen auf einer Wellenlänge. Natürlich hatten sie auch ab und zu miteinander geschlafen, aber das war nicht so gewesen, wie Tamara es von ihrem früheren Freund kannte. Dafür war diese Beziehung das reinste Chaos gewesen. Ihr Verflossener war krankhaft eifersüchtig und hatte ihr das Leben zur Hölle gemacht.

Dass es mit Markus im Bett nicht so stimmte, hatte ihr bis jetzt nichts ausgemacht, aber nun beachtete er sie seit Wochen kaum noch. Seufzend erhob sich Tamara, um nun doch nach Hause zu gehen. Ihr Mann würde wahrscheinlich erst spät kommen, und sie hatte das Gefühl, als ob er nicht mit ihr allein sein wollte. Sie konnte sein Verhalten nicht verstehen, denn wenn sie sich über irgendetwas unterhielten, hatte sich nichts in ihrer Beziehung verändert, da harmonierten sie sehr gut. Da waren die vielen gleichen Interessen und Hobbys…»Aber Schluss jetzt«, rief sich Tamara zur Ordnung, erhob sich, verließ das Café durch den Seiteneingang - der durch das angrenzende Wohnhaus des Inhabers führte - und eilte die Schwarzwaldstraße hinauf. Sie wohnte mit ihrem Mann in der Friedenstraße in Pforzheim, in der auch Eliane gewohnt hatte, bevor diese mit Timo in eine kleinere Wohnung ein paar Straßen weiter gezogen war.

Eliane führte zusammen mit ihrem Mann Timo das kleine „Café Früher", ein liebevoll eingerichtetes Café, in dem man zur Ruhe kommen und sich ein bisschen wie in einer anderen Zeit fühlen konnte.

Zu Hause angekommen, schloss Tamara die Tür zu ihrem schönen Haus, das im Jugendstil erbaut worden war, auf und stellte verwundert fest, dass Markus schon da war. Er war in seinem Zimmer beschäftigt und gerade dabei, einen Koffer zu packen. Er besaß ein eigenes Zimmer, da das Haus groß genug war. Vor ein paar Wochen hatte er zu Tamara gesagt, dass er ein bisschen Freiraum bräuchte, da er nachts immer aufwachen würde, weil Tamara einen etwas unruhigen Schlaf hätte. Bis jetzt war ihr das nicht bewusst gewesen, aber sie hatte sich nichts dabei gedacht. Allerdings nun, durch sein seltsames Verhalten in letzter Zeit, machte sie sich auch darüber Gedanken. »Was machst du denn da?«, fragte sie verwundert. »Möchtest du verreisen?«

»Hallo, Tami. Ja, es tut mir leid, ich muss geschäftlich für eine Woche in die Schweiz fahren. Das hat sich heute so ergeben.« Er ging auf seine Frau zu, schloss diese liebevoll in seine Arme, drückte ihr einen Kuss auf die Wange und wartete ab, was sie zu sagen hatte. Nach einer kurzen Pause meinte Tamara: »Gut, da kann man natürlich nichts machen. Vielleicht könnten wir danach mal ein bisschen Zeit miteinander verbringen. Wir sehen uns ja kaum noch.«

Markus antwortete: »Ja, das ist eine gute Idee. Lass uns das überlegen, wenn ich wieder da bin.« Er schien sehr erleichtert zu sein, dass Tamara ihm keine Szene machte. Obwohl das bei ihr so gut wie nie vorkam, hatte er doch mit mehr Widerstand gerechnet. Er drückte und küsste sie noch einmal, dieses Mal auf den Mund, sah sie kurz an und meinte: »Du siehst blass aus. Ich glaube, du arbeitest zu viel.« Dann verließ er das Haus, in dem er seine Frau nachdenklich zurückließ. Tatsächlich sah sie etwas angeschlagen aus. Die Blässe wurde durch ihren halblangen, dunklen Fransenhaarschnitt noch betont. Ein paar Strähnen hingen ihr wirr ins Gesicht.

Eliane

Eliane saß mit ihrem Ehemann auf der Couch in ihrer gemütlich eingerichteten kleinen Wohnung. Sie hatte ihre Beine angezogen und kraulte Timo am Nacken. Eine ganze Weile schwiegen sie beide und genossen nach einem anstrengenden Tag die Ruhe. Schließlich unterbrach Timo die Stille und meinte:»Schatz, was ist los? Du bist so still heute. Ist alles in Ordnung?«

»Ja, doch, mir geht es blendend. Ich bin glücklich, dich zu haben, das Café läuft gut und ich habe liebe Freundinnen. Was will man denn mehr vom Leben? Gerade ist mir nur ein Gedanke in den Kopf geschossen, dass ich gerne in unserem Café eine Ecke etwas anders gestalten möchte. Ich stelle mir ein kleines altes Sofa aus einem Antiquitätenladen vor und dazu einen etwas niedrigeren Couchtisch. Alles aus einer früheren Zeit. Immerhin kommt doch der eine oder andere Gast - hauptsächlich Frauen - mit Einschränkungen und Behinderungen zu uns, um sich eine Auszeit zu nehmen. Die könnten dort dann viel bequemer sitzen.«

Skeptisch meinte Timo:»Du hast vielleicht Ideen.«

Aber er wusste auch, dass er keine Chance hatte. Er sah sich in den nächsten Tagen schon von einem Antiquitätenladen zum anderen fahren, weil er Eliane einfach nichts ausschlagen konnte. »Aber ich glaube nicht, dass das alles ist. Irgendetwas bedrückt dich doch.« Nachdenklich schaute er seine Frau an, die er über alles liebte. Er konnte sich nicht sattsehen, wie sie so dasaß, mit ihrem nachdenklichen Gesicht und den leicht verstrubbelten, blonden, halblangen Haaren. Die perfekt geglättete Frisur von früher gehörte der Vergangenheit an. Und so gefiel sie Timo noch viel besser, wenn das überhaupt möglich war.

»Nun ja, seit ein paar Tagen ist mir aufgefallen, dass Tamara etwas ruhig ist. Ich vermute, dass sie Kummer hat.«

»Dann frag sie doch einfach«, schlug Timo vor.

»Das habe ich natürlich schon gemacht, aber sie ist mir ausgewichen. Es war auch immer viel los im Café, in der einen Stunde, die wir zusammen dort verbringen.«

Morgens war Eliane von neun Uhr bis dreizehn Uhr dort. Dann kam Tamara. Bis vor kurzem war das Café erst um zehn Uhr geöffnet worden, aber da Eliane wusste, dass einige ihrer Gäste, die in der näheren Umgebung arbeiteten, gerne in ihrer

Frühstückspause auf einen schnellen Kaffee vorbeikommen würden, hatte sie die Öffnungszeiten geändert. Eine Stunde arbeiteten sie dann immer zusammen, da nun auch Mittagstisch angeboten wurde. Es gab drei Gerichte: Maultaschen mit Kartoffelsalat oder in der Brühe, eine Kartoffelsuppe oder ein belegtes Vollkornbaguette mit Tomate und Mozzarella. Die Speisekarte wurde jeden Monat etwas geändert.

Da konnte dann schon mal viel los sein und eine Person alleine wäre überfordert.

»Was meinst du?«, wandte sich Eliane nun an ihren Mann. »Könntest du vielleicht morgen das Café alleine übernehmen? Ich würde gerne Tamara fragen, ob sie Lust hat, mit mir einen Stadtbummel in Karlsruhe zu machen. Das wollten wir schon lange mal tun.«

Timo half immer dann im Café aus, wenn Not am Mann war, auch kurzfristig, wenn unvorhergesehen viel los war. Ansonsten gab es da noch Rebecca, die ihr Studium zwar abgeschlossen, aber noch keinen Job hatte. Wobei diese sich nun intensiv bewarb und ihre Hilfe dann schnell ausbleiben könnte. Dann müsste Eliane sich Gedanken über eine Teilzeitkraft machen. Im Moment war Tamara die einzige Festangestellte, die halbtags bei ihr arbeitete. Es gab da noch Klara, aber die arbeitete Vollzeit in einer Werbeagentur und half höchstens mal aus Spaß an der Freude aus, wenn sie gerade Urlaub hatte und dann gebraucht wurde. Timo räusperte sich, schaute Eliane nachdenklich an und erwiderte schließlich: »Morgen ist es schlecht, da bekommen wir Getränke und Kaffee geliefert. Außerdem sind jetzt schon einige Tische reserviert. Es wäre besser, wenn ihr das übermorgen machen würdet.«

»Auch gut.« Eliane sprang auf, nahm Timos Kopf zwischen ihre Hände und küsste ihn zärtlich auf den Mund. Freudestrahlend eilte sie in die Diele, wo sich das Telefon befand, um ihre Freundin anzurufen. Leider war Tamara nicht zu erreichen.

Im Café

Als Tamara am nächsten Tag zum Arbeiten in das
Café kam, war zunächst keine Gelegenheit, miteinander zu sprechen. Erst als Eliane eigentlich
schon Feierabend hatte, war es etwas ruhiger geworden. Da sie keine Eile hatte, hielt sie Tamara
kurz am Arm fest, zog sie in den kleinen Nebenraum, der zum Ausruhen diente, und sagte freudig zu ihrer Freundin: »Was meinst du? Wir wollten doch schon so lange zusammen nach Karlsruhe zum Bummeln gehen. Wie wäre es morgen?«
Nicht gerade begeistert schaute Tamara Eliane an,
erwiderte aber nach kurzer Überlegung: »Warum

eigentlich nicht. Vielleicht tut mir das gut. Okay. Wann soll es losgehen? Und wer kümmert sich in der Zeit um das Café?«

»Timo hat sich bereit erklärt und Rebecca habe ich auch angerufen. Die kommt ein paar Stunden, zumindest bei Bedarf. Das wird morgen sicher der Fall sein. Aber mach dir keinen Kopf deswegen. Lass uns einen schönen Tag miteinander verbringen. Ich merke doch, dass dich etwas bedrückt. Vielleicht können wir mal ausgiebig quatschen.«

Augenblicklich wurde Tamaras Miene verschlossener, aber dann umarmte sie ihre Freundin und sagte leise: »Ja, vielleicht hast du recht und ich sollte mich mal aussprechen. Okay, ich freue mich.«

Bevor Eliane ihr Café verlassen wollte, sagte sie noch zu Tamara: »Tami, hast du bemerkt, dass die Frau, von der du mir vor Kurzem erzählt hast, die zurzeit öfters hier ist, sehr unglücklich aussieht. Ihre Augen waren verquollen, als sie vor einigen Tagen hier war. Es hatte den Anschein, als ob sie tagelang geheult hätte.«

»Ja, das ist mir auch aufgefallen. Die tut mir richtig leid. Wenn sie das nächste Mal kommt, werde ich mich einfach mal dazusetzen und ein Gespräch mit ihr anfangen. Was meinst du? Kann ich das

17

machen?«

»Ja, das ist eine sehr gute Idee. Das gibt es doch gar nicht«, zischte Eliane Tamara ins Ohr.

»Da kommt sie ja schon. Weißt du was, ich bleibe noch eine Stunde und übernehme deinen Dienst und du kümmerst dich um sie.« Tamara nickte zustimmend und ging auf direktem Weg zu dem Tisch in der Ecke, wo sich die junge Frau niedergelassen hatte. Das „Café Früher" befand sich in einem kleinen Raum, der gemütlich mit braunen, massiven Holztischen und dazu passenden Stühlen ausgestattet war. Es gab nur fünf Vierertische und einen Zweiertisch, den Eliane erst vor Kurzem in das Café integriert hatte. So konnte man doch auch mal die Tische zusammenschieben, so dass sechs Personen Platz hatten. Das Ganze war ein bisschen so eingerichtet, wie es früher üblich war. Die Wände waren durch Zierbordüren in Blumenmuster verschönert. Nur beim Boden hatte Eliane auf einen Holzboden verzichtet, weil die weißen Fliesen besser zu putzen waren. Da das Café ansonsten im dunklem Farbton gehalten war, ergab das einen guten Kontrast. Tamara hatte sich inzwischen zu der Frau, die sie auf 35 Jahre schätzte, gesetzt und sagte: »Ihnen geht es nicht so gut. Stimmt's?«

Überrascht sah diese sie an und erwiderte leise: »Ja, Sie haben recht.«

»Ich bin Tamara«, meinte diese und reichte ihr die Hand. »Ich habe jetzt Feierabend und würde gerne einen Kaffee mit Ihnen trinken. Wenn es Ihnen recht ist?«

»Ja, natürlich. Ich heiße Marianne Schneider.«

Eliane, die diese Worte gehört hatte, beeilte sich, um Tamara ihren Milchkaffee zu bringen. Frau Schneider hatte das Gleiche bestellt. Sie schien nur auf eine Gelegenheit gewartet zu haben, sich einmal aussprechen zu können.

Tamara erfuhr in der nächsten halben Stunde, dass Marianne Schneider ein behindertes Kind erwartete. Es war inzwischen durch eine Fruchtwasseruntersuchung geklärt, dass es sich um das Down-Syndrom handelte. Marianne erzählte Tamara unter Tränen, dass sie dieses Kind bekommen möchte, ihr Mann dies aber nicht wolle und sie sich nun ganz schnell zwischen ihm und dem ungeborenen Kind entscheiden müsse. Wenn sie es abtreiben lassen würde, müsste das noch in dieser Woche geschehen, weil es danach nicht mehr möglich sei. »Aber wissen Sie, ich kann es einfach nicht«, sagte Marianne nun. »Ich liebe dieses Kind, egal wie es ist. Das ist mir in den letzten Tagen klargeworden. Deshalb habe ich auch hier immer ein bisschen Ruhe gesucht, um an einem neutralen Ort nachdenken zu können.«

»Das kann ich nachvollziehen«, erwiderte Tamara mitfühlend. »Das ist eine schwierige Situation. Es tut mir sehr leid. Das ist wirklich eine schwere Entscheidung. Ich glaube, ich könnte das auch nicht tun. Ich kann Ihnen da schlecht raten, aber ich kann mir vorstellen, wie Sie sich fühlen.«

»Danke, das hat mir jetzt sehr gut getan, einmal mit jemand darüber sprechen zu können. Ich habe zwar Freundinnen, die mir natürlich auch zuhören, aber da sagt jede etwas anderes und eine teilt sogar die Meinung meines Mannes. Bei Ihnen konnte ich mich mal so richtig aussprechen, ohne, dass Sie mich ständig unterbrochen haben. Das hat mir sehr geholfen. Ich danke Ihnen sehr.«

»Das ist doch selbstverständlich. Sie können gerne jederzeit zu mir kommen, aber lassen wir doch das „Sie" weg. Schließlich sind wir ungefähr im gleichen Alter.«

»Gerne, Sie…du hast recht. Ich werde auf das Angebot zurückkommen. Jetzt muss ich aber nach Hause gehen und meinem Mann sagen, dass ich mich für das Kind entschieden habe und wenn er dazu nicht bereit ist, dann kann er gerne gehen.« Beeindruckt und voller Mitleid schaute Tamara Marianne nach, als diese das Café verließ und wandte sich an Eliane: »Die arme Frau, die tut mir echt leid. Ich erzähle dir alles heute Abend. Wir können ja telefonieren. Jetzt schau zu, dass du nach Hause kommst, so müde wie du aussiehst. Ich übernehme jetzt.«

»Okay.« Eliane küsste Tamara zum Abschied auf die Wange und rief ihr noch während des Hinausgehens zu: »Also, es bleibt dabei. Ich hole dich morgen früh um 9 Uhr ab, dann gehen wir bummeln.«

»Okay, ich freue mich. Wir sprechen uns ja heute noch.«

Am Nachmittag war noch so viel los im Café, dass Tamara nicht mehr zum Nachdenken gekommen war. So hatte sie doch nicht ständig Zeit zum Grübeln gehabt. Abends war es so gewesen, dass sie Eliane am Telefon kurz alles berichtet hatte und dann den restlichen Abend über die Situation von Marianne Schneider gegrübelt und ihre eigenen Probleme weitgehend vergessen hatte.

Stadtbummel

Eliane und Tamara schlenderten die Karlsruher Fußgängerzone am Marktplatz entlang. Eliane überlegte fieberhaft, wie sie ihre Freundin auf deren Sorgen ansprechen könnte. Nach einer Weile des Schweigens fragte sie vorsichtig: »Ich weiß, es ist nicht einfach über seine Probleme zu sprechen, aber möchtest du nicht mal etwas loswerden? Was bedrückt dich? Man sieht dir seit Tagen an, dass es dir nicht gut geht.«
Nach einer kurzen Pause antwortete Tamara: »Ja, stimmt. Es ist so, ich habe das Gefühl, dass mit Markus irgendwas nicht stimmt. Wir hatten noch nie das berauschendste Liebesleben, darüber haben wir ja schon einmal gesprochen, aber wir haben in anderen Dingen sehr gut zusammen harmoniert. Im Moment habe ich allerdings das Gefühl, dass er mir ständig ausweicht. Außerdem ist er auch dauernd geschäftlich unterwegs, viel öfter als bisher. Natürlich will ich ihm nichts unterstellen und eigentlich glaube ich nicht, dass er eine andere hat, aber ab und zu schleichen sich schon so kleine Zweifel bei mir ein.« Dies alles war aus Tamara ohne Pause hervorgesprudelt, war sie

doch sehr erleichtert, mit jemandem darüber reden zu können. Immerhin waren sie beste Freundinnen. Plötzlich blieb Eliane abrupt stehen und rief laut: »Das gibt es doch gar nicht.« Tamara folgt ihrem Blick und wurde ganz blass. Dort stand niemand anders als…oder hatte sie sich getäuscht? Nein sie musste sich getäuscht haben. Da war jetzt niemand mehr an der Stelle. Sie dachte, sie hätte Markus gesehen. »Was ist los?«, fragte sie Eli, wie ihre Freundinnen sie alle nannten. »Was hast du gesehen?«

»Ich war mir ganz sicher, dass dort vorne dein Mann stehen würde«, erwiderte Eliane kopfschüttelnd. »Aber ich muss mich wohl getäuscht haben.«

Tamara antwortete nichts und ging schnurstracks auf die Ecke zu, an der sie selbst auch gemeint hatte, ihn zu sehen. Da stand immer noch eine junge hübsche Frau in der Nähe und der Stachel, dass er vielleicht doch eine Geliebte haben könnte, saß tiefer in ihr, als sie bisher zugeben wollte. Sie atmete dann aber doch auf, als ein Mann aus dem Bekleidungsgeschäft für Männer herauskam, die junge Frau in den Arm nahm und die beiden davon schlenderten. Sie mussten sich doch beide getäuscht haben. Der Mann hatte

Markus einfach zum Verwechseln ähnlich gesehen. Was sollte der auch hier in Karlsruhe machen, wenn er doch in der Schweiz war.

Tamara ging auf dieses Thema nicht mehr ein und auch Eliane sagte nichts mehr dazu. Der weitere Nachmittag verlief mehr oder weniger schweigsam. Beide hingen ihren Gedanken nach. Sie setzten sich in eine Eisdiele, um ein Eis zu essen.

Ein paar Sachen hatten sie schon zuvor eingekauft und da heute Abend das wöchentliche Treffen im Café war, beschlossen sie, rechtzeitig zurückzufahren. Jeden Freitagabend nach Feierabend traf sich Eliane mit ihren Freundinnen Rebecca und Klara im „Cafe Früher" zum Stammtisch. Außerdem war natürlich Tamara dabei, Elianes Lebensgefährte und ihre Mutter Brigitte, mit der sie sich inzwischen blendend verstand, was früher nicht immer der Fall gewesen war. Sogar Robert, ihr Vermieter, war in den gemeinsamen Kreis aufgenommen worden. Sie hatte mit ihm ein kurzes Verhältnis gehabt, das aber der Belastung nicht standhielt, als sie schwer krank geworden war. Zum Glück hatte sie rechtzeitig gemerkt, dass eben doch Timo der Mann ihrer Träume war. Seitdem verband sie mit Robert eine tiefe Freundschaft. Dieser war früher etwas oberflächlich gewesen, hatte sich aber in letzter Zeit sehr geändert. Eliane freute sich wie immer auch diese Woche auf den gemeinsamen Abend. Sie tranken dann zusammen Prosecco oder auch einfach nur Wasser, es gab ein paar belegte Baguettes und sie plauderten meistens bis spät in die Nacht miteinander. Auch Tamara war nun sehr müde und froh, sich auf den Beifahrersitz des Autos ihrer Freundin setzen zu können. Schon während diese aus dem Parkhaus fuhr, schloss sie ihre Augen, um in Ruhe nachdenken zu können.

Unangenehme Gedanken

Nachdem Eliane Tamara zu Hause vor ihrer Haustüre abgesetzt und sie die Diele betreten hatte, schlug ihr diese unendliche Stille des doch recht großen Hauses entgegen. Zunächst blieb sie etwas unschlüssig im Flur stehen, der mit hellen Bodenfließen ausgestattet war, um dann ihre leichte Sommerjacke an den massiven Kleiderhaken, gleich neben der Eingangstür, zu hängen. Sie legte ihren Schlüssel auf die dunkle Holzkommode und schaute sich zögernd um. Tamara fühlte sich eigentlich sehr wohl in ihrem modern eingerichteten Haus. Allerdings war es ohne Markus zu groß und zu still. Sie sehnte sich nach einem Kind und ging nach langen Gesprächen davon aus, dass Markus das ebenfalls wollte. In letzter Zeit hatten die beiden aber nicht mehr darüber gesprochen. Außerdem kann man auch ohne Sex nicht schwanger werden, stellte Tamara resigniert fest. Sie schlenderte weiter ins Wohnzimmer und ließ sich auf die schwarze Ledercouch fallen. Diese fühlte sich unangenehm kühl an. Es war im Juni noch nicht so heiß, dass man eine Abkühlung brauchen könnte. Fröstelnd griff sie nach der cremefarbigen, flauschigen Decke, die dort lag, legte sich mit angezogenen Beinen auf das Sofa und bedeckte ihre Schultern. Eigentlich hatte sie keine

Lust heute Abend zu dem gemeinsamen Treffen zu gehen, obwohl sie sonst das Zusammensein mit ihren Freunden immer sehr genoss. Markus hatte sie dorthin noch nie begleitet, aber das war okay. Es war ja auch ihr Ding. Er hatte seine Freunde und eigene Hobbys, wie zum Beispiel Tennis spielen. Dem konnte sie nichts abgewinnen. Bisher war ihre Ehe trotzdem sehr harmonisch gewesen. Auf jeden Fall hatte es Tamara so empfunden. Aber momentan kamen ihr immer mehr Zweifel, ob sie sich das vielleicht nur eingeredet hatte. Vielleicht war es doch Markus gewesen, den sie in Karlsruhe gesehen hatte. Gut, die Frau, die dort stand, hat definitiv nicht zu ihm gehört, wenn er es denn überhaupt gewesen ist. Aber, was sollte er dort zu tun gehabt haben? Tamara beschloss, sich ein bisschen auszuruhen und dann heute Abend, wie sie es ihrer Freundin versprochen hatte, zu ihrem wöchentlichen Treffen zu gehen. Im Grunde freute sie sich ja darauf. Sie hatte auch keine Lust, allein in dem leeren Haus zu bleiben. Kurz bevor Tamara einschlief, überlegte sie sich, am nächsten Tag noch einmal nach Karlsruhe zu fahren.

Stammtisch

Es war 19:30 Uhr und der Stammtisch hatte sich im „Café Früher" versammelt. Timo und Eliane hatten wie immer die einzelnen Tische in eine lange Reihe geschoben, so dass sie alle bequem Platz darum hatten. Sie waren fast komplett, nur Tamara fehlte noch. Rebecca und Klara saßen ganz entspannt am Tisch, sie hatten sich viel zu erzählen, da sie zurzeit auch nur an den Freitagabenden dazu kamen, sich auszutauschen. Brigitte, Elianes Mutter, war jede Woche mit voller Begeisterung dabei und half kräftig beim Baguette belegen und später auch beim Aufräumen mit. An der Stirnseite saß Robert, der Vermieter des Cafés. Nervös schaute dieser sich ständig um, bis Eliane ihn ansprach: »Robert, was ist los mit dir? So kenne ich dich gar nicht.«

»Nichts. Aber weißt du vielleicht, wo Tamara ist? Sie ist doch sonst immer pünktlich«, stellte er fest.

»Sie wollte eigentlich kommen«, antwortete Eliane ein bisschen ärgerlich. »Sie hat es mir versprochen, als wir vorhin aus Karlsruhe zurückgekommen sind. Aber vielleicht hat sie es sich doch anders überlegt.« Insgeheim wunderte sie sich, dass Robert sich überhaupt Gedanken darüber machte. Das passte so gar nicht zu ihm, über jemanden nachzudenken. In der kurzen Zeit, in der Eliane mit ihm zusammen war, hatte sie bemerkt, dass er etwas egoistisch sein konnte. Trotzdem mochte sie ihn sehr. Außerdem hatte er sich wirklich gebessert, das konnte man ganz deutlich daran erkennen, dass er sich wirklich Sorgen zu machen schien, wo Tamara steckte. In letzter Zeit schien er auch nicht mehr so eitel zu sein. Selbst sein kurzer dunkler Stoppelhaarschnitt war heute etwas verwachsen. Zuvor hatte er immer ausgesehen, als sei er gerade einem Prospekt für Männermode entsprungen. In diesem Moment ging die Tür auf und da kam auch schon Tamara hereinspaziert. Eliane eilte auf ihre Freundin zu. »Alles okay? Du bist spät dran.«

»Ja, ich war auf der Couch eingeschlafen. Alles gut!« Sie setzte sich auf den freien Stuhl neben Brigitte. Nun wirkte auch Robert wieder entspannt. Klara, die es immer mit allen sehr gut meinte und immer nur wollte, dass es allen gut ging, schaute kurz zu Tamara hinüber und äußerte sich: »Du siehst blass aus, meine Liebe. Fühlst du dich nicht wohl?« Tatsächlich war diese nicht nur etwas farblos, sondern ihr dunkler Fransenhaarschnitt sah auch etwas strähnig und glanzlos aus.

»Doch, mir geht es gut. Ich war heute mit Eli unterwegs und bin ein bisschen müde.«

»Ach so. Ja, das glaube ich. Wenn die mal in Schwung gekommen ist……«

Nun fing auch Rebecca an zu kichern und es war wieder lustig wie immer in der Runde. So vergingen die nächsten Stunden im lockeren Geplänkel, bis schließlich Tamara ihren Kopf hob und direkt in Roberts Augen sah. Es hatte den Anschein, dass dieser sie schon eine Weile beobachtet hatte. Wie ein Blitz durchfuhr es sie nun. Über diese Reaktion war sie so verstört, dass sie gar nicht wusste, wie sie sich verhalten sollte. Was war das jetzt? Sie war doch nicht etwa in Robert verliebt. Nein, das konnte und durfte nicht sein. Schließlich war sie glücklich verheiratet. Wahrscheinlich war sie nur etwas überdreht durch die ganze Situation zuhause und fühlte sich einsam, redete sich Tamara selbst gut zu, erhob sich abrupt und meinte: »Leute, ich muss jetzt gehen. Ich bin hundemüde. Seid mir nicht böse«, drehte sich auf dem Absatz herum, ohne jeden zu umarmen, wie sie das sonst zu tun pflegte, und verließ schnurstracks das Café. Verblüfft schauten sich alle Beteiligten an. Außer Robert, der war etwas verwirrt und sprachlos. Er war sich gerade eben erst über seine Gefühle für

Tamara klargeworden. Er mochte sie schon immer sehr, aber heute Abend, nachdem sie nicht pünktlich erschienen war, hatte ihm das die Augen geöffnet. Damit musste er erst einmal fertig werden. Deshalb erhob sich Robert ebenfalls und sagte: »Ich wünsche euch noch einen schönen Abend. Ich hatte heute einen anstrengenden Tag. Macht's gut. Ciao.« Und schon war er weg.

»Ja, was ist denn jetzt los?«, rief Eliane aus. »Sind denn heute alle etwas verrückt geworden?«

»Das ist vielleicht das Frühlingswetter«, antwortete Klara.

»Na, ja, du hast ja immer eine Erklärung«, warf nun Rebecca ein.

Betreten sahen sich die Zurückgebliebenen an. Brigitte schüttelte den Kopf und Rebecca meinte: »Das verstehe ich jetzt aber auch nicht. Bei Tamara schon, die hing in den letzten Tagen ein bisschen durch, wie Eli mir erzählt hatte. Aber was ist mit Robert los? Der ist doch normalerweise nicht so.«

»Keine Ahnung«, antwortete nun Timo resigniert. »Robert kriegt sich schon wieder ein. Der hat vielleicht irgendwelche anderen Probleme.«

»Typisch Mann«, murmelte Rebecca vor sich hin.

»Mit Tamara werde ich morgen noch mal sprechen. Ich finde, sie hat sich positiv verändert«, warf nun Klara ein.

»Ja, du hast recht«, stimmte Eliane ihr zu. »Die Arbeit hier im Café scheint ihr gut zu tun. Tamara ist überhaupt nicht mehr oberflächlich, seit sie nicht mehr unter dem Einfluss von Vivienne steht.«

Vivienne war früher die gemeinsame Freundin von Eliane und Tamara gewesen. Diese hielt sich schon immer für etwas Besseres und hätte sich niemals Elianes neuem Freundeskreis angeschlossen. Tamara selbst hatte auch eine gewisse Zeit gebraucht, um zu erkennen, wer ihre wirklichen Freunde sind.

»Allerdings kommt sie mir seit einer Weile etwas bedrückt vor«, fuhr Eliane fort. »Das ist nicht zu übersehen und das tut mir richtig leid. Sie setzt sich immer für andere ein. Auch hat sie einen Blick dafür, wenn es Gästen nicht gut geht und versucht dem einen oder der anderen in einem Gespräch zu helfen. Tamara ist so ein richtiger Engel geworden.«

Die anderen stimmten ihr ausnahmslos zu.

»Seit Tagen beobachtet sie hier schon eine Frau, der es nicht gut geht, und gestern hat sie diese dann schließlich in ein Gespräch verwickelt. Ich habe gesehen, wie die Kundin dann sogar gelächelt und viel fröhlicher das Café verlassen hat, als sie es betreten hatte.«

»Ja«, mischte sich nun Rebecca ein. »Ich finde, sie hat den Beruf verfehlt. Zuerst hat sie in ihrem gelernten Beruf als Steuerfachgehilfin gearbeitet, dann war sie die letzten zwei Jahre auf Wunsch ihres Mannes - und ich glaube auch auf ihren eigenen Wunsch hin -, nur Ehefrau gewesen und hat sich fast zu Tode gelangweilt. Nun hat sie eine Aufgabe, aber eigentlich finde ich, sie hätte Psychologie studieren sollen. Da könnte Tami vielen Menschen helfen.«

»Das kann sie ja immer noch tun«, warf nun Timo ein. »Mit ihren 34 Jahren ist sie noch nicht zu alt dazu.«

»Dann schlagen wir ihr das doch einfach mal vor«, sagte nun Brigitte und stand auf, um den Tisch abzuräumen. Immerhin war es inzwischen schon 23 Uhr und Zeit nach Hause zu gehen. Morgen hatte das Café geöffnet und Eliane konnte nicht ausschlafen. Sie musste schließlich alles pünktlich herrichten und wie Brigitte ihre Tochter kannte, würde diese morgen früh noch einen selbstgemachten Kuchen herzaubern. Nachdem sich alle nach vielen Umarmungen und Küsschen verabschiedet hatten und Eliane den Schlüssel im Schloss herumgedreht hatte, schlenderte sie mit Timo in Richtung ihrer gemeinsamen Wohnung. Es war ein lauer Frühlingsabend und die beiden genossen immer diesen Spaziergang vom Café zu dem Haus in der Lameystraße, in der sie wohnten.

Schlaflose Nacht

Zu Hause angekommen ließ sich Tamara vollkommen erschöpft auf ihren Sessel im Wohnzimmer fallen. Was war das jetzt gewesen? Als sie zufällig zu Robert geschaut hatte, war ihr bewusst geworden, dass er sie schon länger beobachtet hatte. Es war wie ein Stromschlag durch sie gefahren. Was hatte das nun zu bedeuten? Sie wollte doch nicht etwa etwas von ihm? Ja, sie mochte ihn und er hatte sich in letzter Zeit sehr zu seinem Vorteil verändert. Sie kannte ihn allerdings nur von Elianes Erzählungen so richtig. Seit Tamara hier in diesem Freundeskreis war, war er eigentlich immer nett und freundlich, so empfand sie es auf jeden Fall. Vor dieser Zeit soll er aber etwas oberflächlich gewesen sein. Je länger sie darüber nachdachte, umso mehr wurde ihr bewusst, dass sie ihn sogar sehr mochte. Aber sonst war da doch nichts, schließlich war sie glücklich verheiratet, redete sich Tamara ein. »Naja, vielleicht im Moment nicht ganz so glücklich, aber das wird schon wieder«, murmelte sie vor sich hin. Was sollen diese blöden Gedanken, rief sie sich selbst zur Ordnung. Aber was war das gewesen? Ihr flatterten jetzt noch die Schmetterlinge im Bauch herum, wenn sie an den Moment dachte, als sich die Blicke von

Robert mit den ihren gekreuzt hatten. Tamara war so aufgedreht, dass sie wusste, wenn sie sich ins Bett legen würde, wäre an schlafen nicht zu denken. Deshalb holte sie sich eine Flasche Rotwein, öffnete diese und nahm sich vor, nur ein Glas davon zu trinken. Es wurde dann doch etwas mehr. Sie schwankte schließlich in ihr Bett, konnte aber trotz des Alkohols lange nicht einschlafen.

...

Rebecca und Klara saßen in ihrer WG, ebenfalls bei einem Glas Wein, zusammen und wollten den Abend noch ausklingen lassen. Nachdem Timo damals ausgezogen war, hatte Klaus seinen Platz in der Wohngemeinschaft übernommen.

Klaus Sebastian war ein netter, unkomplizierter Mitbewohner, ein ganz normaler Mensch, unauffällig, nett, zuvorkommend und gutaussehend. Vielleicht etwas langweilig hatte Rebecca am Anfang Klara zugeflüstert. Aber inzwischen erkannte auch sie seine guten Eigenschaften und hatte diese schätzen gelernt. Es war nämlich absoluter Verlass auf den Mann. Wenn er etwas sagte, machte er das auch. Außerdem kaufte Klaus regelmäßig ein und kochte sogar ab und zu für sie alle, da das sein Hobby war. Manchmal sagte Rebecca aus Spaß zu Timo: »Es hat sich so viel verbessert in unserer WG, seit dein Freund Klaus hier eingezogen ist.«

Aber dieser grinste nur. Klara schüttelte den Kopf. So etwas würde die sanftmütige Freundin niemals sagen, da sie es mit allen gut meinte und sich immer absolute Harmonie wünschte.

Nun saßen sie sich also gegenüber an dem Esstisch aus massivem Kiefernholz, der sich mitten im Raum befand. Klara wandte sich an ihre Freundin:

»Was ist los mit dir? Irgendwie bist du verändert. Bist du vielleicht verliebt?«

Zögernd antwortete diese: »Hm, könnte schon sein.«

»Was? Echt? Erzähl! Und dann sagst du nichts. Lass dir doch nicht alles aus der Nase ziehen. Wer ist es? Wo hast du ihn kennengelernt?«

»Jetzt mal ganz langsam. Ich kenne ihn kaum und es ist auch noch gar nichts passiert. Ich habe ihn in der Stadt kennengelernt, als ich dort etwas gegessen habe. Er saß in der Pizzeria am Nebentisch und starrte mich die ganze Zeit an.«

»Echt?«, fragte Klara ungläubig. »Und da hast du mit ihm angebändelt? Das passt ja gar nicht zu dir.«

»Blödsinn, das habe ich natürlich nicht«, grinste Rebecca. »Aber als ich dann aufgestanden bin und gehen wollte, bin ich doch tatsächlich über meine eigenen Füße gestolpert. Und er hatte auch gerade seinen Platz verlassen und es noch rechtzeitig geschafft, mich aufzufangen. Sonst wäre ich wahrscheinlich auf die Nase gefallen.«

»Nein, das ist ja wie im Liebesroman«, rief Klara laut aus.

Nun streckte sogar Klaus seinen Kopf zu Tür herein, denn solche lauten Töne war er von seiner

38

Mitbewohnerin nicht gewöhnt und fragte lächelnd: »Was ist denn hier los? Hab ich was verpasst?«

»Ach, herrje, haben wir dich geweckt?« Klara wartete aber seine Antwort gar nicht ab und fügte hinzu: »Becca ist verliebt.« So nannte sie ihre Freundin nur dann, wenn sie etwas zu viel getrunken hatte. Diese stupfte sie auch sogleich in die Seite und meinte: »Hör nicht auf sie, sie hat über ihre Verhältnisse getrunken.«

Schmunzelnd schloss Klaus, nachdem er den beiden eine gute Nacht gewünscht hatte, die Tür zum gemeinsamen Wohnzimmer wieder.

»Jetzt erzähl weiter«, drängelte Klara ungeduldig.

»Da gibt es nicht viel zu erzählen.«

Klara verdrehte genervt die Augen.

»Dann haben wir uns wieder hingesetzt und gemeinsam einen Kaffee getrunken. Ich habe ihn eingeladen, als Dankeschön, schließlich hat er mir das Leben gerettet. Na ja, fast.« Nun musste Rebecca selbst lächeln. »Wir haben uns noch eine Stunde blendend unterhalten, Adressen ausgetauscht und das war es dann auch schon. Aber das war letzte Woche«, winkte sie ab und bis jetzt habe ich noch nichts von ihm gehört.«

»Wie wäre es, wenn du ihn mal anrufst? Wir sind doch hier nicht im Steinzeitalter«, bemerkte Klara.

»Ich weiß nicht. Ich will doch gar keine Beziehung.«

»Das sieht aber ganz anders aus«, meinte Klara schmunzelnd.

»Lass gut sein«, gähnte Rebecca. »Ich bin hundemüde und gehe jetzt ins Bett.«

»Du hast recht. Das mache ich auch. Schlaf gut!«

Die Freundinnen umarmten sich und jede ging in ihr Zimmer.

...

Robert tigerte in seiner großen Wohnung hin und her. Er fand einfach keine Ruhe. Es war ihm heute Abend mit einer solchen Wucht klargeworden, dass er Tamara liebte, zumindest, dass er sehr verliebt war. Schon seit Längerem dachte er oft an sie, hatte aber die Gedanken sogleich immer weit von sich geschoben. Bis jetzt hatte er noch nie ernste Absichten bei einer Frau gehabt. Vielleicht damals bei Eliane, da hätte er sich gerne auf eine Beziehung eingelassen. Aber nachdem sie so krank geworden war, wurde ihm klar, dass die noch frische Beziehung das nicht aushalten konnte. Vor allem, weil er erkannte, dass er sie nicht liebte. Bis jetzt dachte Robert eigentlich, nicht der Mensch für eine feste Partnerschaft zu sein, sehnte sich aber komischerweise in letzter Zeit sehr danach. Nun musste er sich eingestehen, dass er, wenn er an Tamara dachte, sogar von einer gemeinsamen Zukunft träumte. So ein Mist, sie war verheiratet und auch noch glücklich. Davon ging er zumindest aus, so wie sie von ihrem Mann sprach. Das war ja ein schönes Chaos, das musste er sich gleich abschminken. Er würde sich in keine Ehe drängen. Außerdem rechnete er sich sowieso keine Chancen bei ihr aus. Obwohl, wenn er es sich so recht überlegte, als sich heute ihre

Blicke getroffen hatten, da war schon etwas zwischen ihnen gewesen. Und dann ihr schneller Aufbruch danach.

Vielleicht empfand sie ja doch etwas für ihn? Robert grübelte die halbe Nacht, bis er gegen Morgen übermüdet in einen tiefen Schlaf fiel.

Im Café

Tamara schreckte auf, als der Wecker klingelte. Im ersten Moment wusste sie nicht, wo sie sich befand, da sie erst gegen Morgen eingeschlafen war und sich gerade in einer Tiefschlafphase befunden hatte. Tatsächlich hatte sie die halbe Nacht nachgedacht, über ihre Ehe, über Markus und was da im Moment so schieflief. Ihr Vorhaben, heute nach Karlsruhe zu gehen, hatte sie aufgegeben. Das war doch alles Quatsch, sie misstraute ihrem Mann doch nicht wirklich. Außerdem musste sie arbeiten. Das „Café Früher" hatte samstags von 8 Uhr bis 13 Uhr geöffnet und alle vierzehn Tage war sie an der Reihe. An den anderen Samstagen arbeitete Eliane selbst im Café. Schlaftrunken schaute Tamara auf ihren Wecker. Es war sechs Uhr. Sie brauchte ihre Anlaufzeit und diese anderthalb Stunden nutzte sie, um sich in Ruhe fertigzumachen und Zeit zum Frühstücken zu haben. Schwankend ging sie die Treppe hinunter und begab sich in die Küche. Dieser Raum war ihr ganzer Stolz. In hellem Farbton gehalten, mit einer grauen massiven Arbeitsplatte aus Naturstein, strahlte er eine angenehme Ruhe aus. Der Herd befand sich mitten in der Küche, mit einer Abzugshaube darüber.

Am Ende des Raumes gab es einen großen, rechteckigen massiven Holztisch in dunkelbrauner Farbe, um den vier Stühle platziert waren.

Tamara drückte auf den Knopf des Kaffeevollautomaten und stellte eine Tasse, halb mit Milch gefüllt, in die Mikrowelle. Das Milchaufschäumen war ihr morgens zu viel Arbeit - außerdem mochte sie ihren Kaffee so, mit flüssiger Milch. Dazu gab es ein Marmeladenbrot. Erst nach dem Frühstück war Tamara fähig, sich Gedanken über den Tag zu machen. Sie würde direkt nach der Arbeit nach Pforzheim in die Stadt gehen. Da konnte sie problemlos hinlaufen. Das Café befand sich in der Hohlstraße und wenn sie die Dillweißensteiner Straße entlangging, war sie zehn Minuten später in der Fußgängerzone. Dort würde sie ein bisschen rumbummeln und sich etwas zum Anziehen kaufen. Sie hatte festgestellt, dass ihre Sommergarderobe doch sehr zu wünschen übrigließ. Die Kleidung war ihr zwar nicht mehr so wichtig wie früher, als sie noch mit Vivienne befreundet war, und es musste auch nicht immer das Teuerste und das Beste sein, aber trotzdem genoss sie es sehr, sich ab und zu etwas Nettes zu kaufen.

Ja, genau so würde sie es machen, bekräftigte sich Tamara, während sie die Tür des Cafés aufschloss. Ein Blick auf die Uhr sagte ihr, dass es schon zehn

Minuten vor acht war. Normalerweise kam sie immer zwanzig Minuten früher, damit noch genügend Zeit war, das eine oder andere zu erledigen, bevor die ersten Gäste kamen. Und gerade am Samstag ging es meistens gleich heftig los. Das war auch der Grund, dass Eliane beschlossen hatte, eine Stunde früher zu öffnen.

Es war immer ein etwas anderes Publikum als unter der Woche. Da waren die Gäste überwiegend Geschäftsleute, die in ihrer Pause einen Kaffee trinken oder eine Kleinigkeit essen wollten.

Oder eben Hausfrauen, deren Kinder im Kindergarten oder in der Schule gut aufgehoben waren. Samstags dagegen war alles vertreten. Es waren auch mehr Männer und Paare unter den Gästen. Kinder eher weniger, aber ab und zu auch mal kleine Familien.

Zwei Stunden später konnte sich Tamara selbst zum ersten Mal eine Tasse Kaffee gönnen. Bis dahin hatte sie alle Hände voll zu tun gehabt. Noch vor einer Stunde hatte sie gedacht, dass es notwendig wäre, Eliane oder Timo zur Hilfe zu rufen. Aber schließlich hatte sie es doch geschafft, da das Café klein war und nur wenige Tische darin Platz hatten. Allerdings, wenn die Gäste zu schnell wechselten, dann konnte es schwierig werden. Im Moment waren nur drei Tische besetzt. An dem einen saß eine junge Frau.

Am zweiten ein Paar, das im Moment gerade anfing, sich zu streiten. Stirnrunzelnd beobachtete Tamara die beiden. Sie würden doch jetzt nicht noch lauter werden und die anderen Gäste stören? Und am Tisch drei saßen vier Freundinnen, die das Ganze etwas ausglichen, indem sie fröhlich vor sich hin kicherten. Tamara musste an die Frau von vorgestern denken. Diese würde heute allerdings nicht kommen, da sie am Wochenende mit ihrem Mann zu Hause beschäftigt war, wie sie ihr erzählt hatte. Meistens hatten sie zu tun oder sie unternahmen etwas zusammen. Dann gab es da noch ein anderes Sorgenkind, das war aber schon drei Wochen nicht mehr da gewesen. Tamara versank in ihre Gedanken über diese junge Frau, die an Multiple Sklerose erkrankt war. Anita, wie sie sich nannte, kam mit ihrer Situation sehr gut zurecht und hatte bis jetzt zum Glück auch nur wenig Einschränkungen durch diese Krankheit, befürchtete allerdings, dass sich ihr Freund von ihr trennen wollte. Sie hatte Tamara erzählt, dass er gesagt habe, dass er nicht wisse, ob er mit einer kranken Frau zusammenleben wolle. Tamara hatte unendliches Mitleid mit der jungen Frau gehabt. Vor drei Wochen, als Anita das letzte Mal da gewesen war, hatte sie ihr zwei Stunden lang zugehört, nachdem das Café schon geschlossen hatte. Tamara litt immer mit Menschen, denen es nicht gut ging und versuchte zu helfen, soweit es in ihrer Macht lag. Sie stand ihnen mit Rat und Tat zur Seite und hatte für alle immer ein offenes Ohr. Nun war die junge Frau drei Wochen nicht mehr da gewesen und sie begann sich Sorgen zu machen. Da sie aber keine Adresse und nichts von ihr besaß, konnte sie auch nichts unternehmen. Tamara seufzte leise vor sich hin. Vor allem wurde ihr wieder klar, dass sie selbst überhaupt keinen Grund hatte so trübsinnig herumzulaufen. Schließlich ging es ihr gut und es fehlte ihr an nichts. Nun wurde sie aus ihren Gedanken gerissen, da sich die anderen Tische auch wieder gefüllt hatten und die vier Freundinnen bezahlen wollten. Wie immer lief ihr die Zeit davon und ruck zuck war es 13 Uhr und Eliane kam, wie jeden Samstag, um sich von Tamara zu verabschieden und ein paar Worte mit ihr zu wechseln. Sie putzte heute das Café selbst, da die Putzfrau immer noch krank war. Meistens machten die beiden das dann sowieso gemeinsam.

Tamara schlenderte also Richtung Stadtmitte, wie sie es sich vorgenommen hatte. Dabei bemerkte sie, dass ihr heute ganz schön die Füße weh taten. Das kannte sie von sich gar nicht. Das war bestimmt der Kummer, redete sie sich gut zu und nach einer Weile vergaß sie auch ihre Schmerzen in den Füßen. Es war ein schöner Frühsommertag und nachdem sie sich mehrere T-Shirts und eine schicke helle Sommerhose gekauft hatte, beschloss sie, ein Eis essen zu gehen. Als sie beim Buchladen um die Ecke bog, blieb sie erschrocken stehen, da sie fast einen Mann angerempelt hätte. Das war aber nicht der Grund für ihr Erschrecken, sondern, dass es sich dabei um Markus, ihren eigenen Ehemann, handelte. »Was um alles in der Welt machst du hier«, rief sie aus. »Ich denke, du bist in der Schweiz?«

»Ja, das war ich auch, aber es hat sich irgendwie anders ergeben und ich bin schon zurück.«

»Und wann wolltest du mir das sagen«, fragte Tamara leicht verärgert. Da bemerkte sie, dass direkt hinter ihm ein weiterer Mann stand. Nach kurzem Schweigen sagte Markus: »Äh, darf ich dir meinen Geschäftskollegen Anton Bayer vorstellen?«

Dieser trat einen Schritt nach vorne, so dass Tamara ihn besser sehen konnte und sie stellte fest, dass er ihr auf Anhieb sympathisch war. Vor allem fand sie es sehr beruhigend, dass Markus mit einem Kollegen unterwegs war. Das bewies doch, dass er auch die Wahrheit sagte und keine andere Frau im Spiel war. Also beruhigte sie sich und meinte: »Na gut. Was hast du oder besser gesagt, was habt ihr, heute Abend noch vor?«

»Wir hatten noch ein Meeting hier in der Stadt. Jetzt gehe ich nach Hause und Anton auch, denke ich.«

Dieser nickte bestätigend.

»Gut, dann können wir ja zusammen gehen. Ich bin auch schon fertig. Ich wollte nur noch ein Eis essen. Kommen Sie uns doch mal besuchen. Das wäre nett«, fügte Tamara noch an den Kollegen gewandt hinzu.

»Das mache ich gerne«, antwortete Anton und lächelte Tamara freundlich an.

Markus dagegen sah nicht begeistert aus. Vielleicht verstanden die beiden sich ja auch gar nicht so gut? Sie würde ihn nachher einfach mal fragen, überlegte sich Tamara. Sie verabschiedeten sich von Anton und setzen sich in der Fußgängerzone in ein Café, um ein Eis zu essen. Anschließend gingen sie gemeinsam zu Fuß nach Hause, da Markus ebenfalls ohne Auto unterwegs gewesen war.

Markus

Nachdem Tamara und Markus ihr Haus betreten hatten, blieben sie kurz stehen und schauten sich an. Dann fiel Tamara, einer Eingebung folgend, ihrem Mann um den Hals und drückte sich fest an ihn. Nach kurzem Zögern erwiderte dieser, nachdem er seine Reisetasche hatte fallen lassen, ihren Kuss.

Tamara flüsterte ihm heißer ins Ohr:»Komm, lass uns nach oben gehen.« Markus hinter sich herziehend, eilte sie die Treppe hinauf in ihr Zimmer. Dort angekommen, ließ sie sich rückwärts aufs Bett fallen. Markus beugte sich über seine Frau, küsste sie und legte sich langsam auf sie, während er ihr über die Hüfte und den Po streichelte. Tamara flüsterte ihm ins Ohr:»Ich habe dich so vermisst.« Markus erwiderte nichts, zog ihr aber wortlos das T-Shirt aus, streichelte sie und Tamara tat es ihm gleich. Plötzlich rollte er sich auf den Rücken und sagte leise:»Ich kann das jetzt nicht. Tut mir leid, ich bin einfach zu erschöpft.«

Enttäuscht schluckte Tamara, drehte sich aber dann zu ihrem Mann und sagte:»Klar, du hast ja auch viel gearbeitet in letzter Zeit. Mach dir keinen Kopf darüber.« Sie streichelte ihn am Bauch, aber Markus wandte sich ab, sprang aus dem Bett und verließ wortlos den Raum.

Nach der ersten Schrecksekunde sprang Tamara ebenfalls auf und murmelte vor sich hin: »Nein, das kann ich so nicht stehen lassen. Jetzt reicht es mir.« Wütend stapfte sie aus dem Zimmer und drückte zwei Türen weiter die Klinke herunter, um das Zimmer von Markus zu betreten. Dieser saß auf dem Bett, den Kopf zwischen seinen Händen. Sofort verwandelte sich Tamaras Zorn in Mitleid und sie setzte sich neben ihn.

»Markus, was ist los? Hast du eine andere?«

Entsetzt sah dieser seine Frau an und sagte: »Um Himmels willen. Nein, ich liebe dich doch. Ich habe doch keine andere.« Er legte den Arm um Tamara und nach einer Weile des Schweigens sagte er: »Weißt du was? Lass uns in Urlaub gehen.«

Freudig überrascht schaute Tamara ihren Ehemann an und erwiderte: »Das ist eine sehr gute Idee. Lass uns gleich fahren, nein, halt, ich muss erst Eli fragen, ob ich frei bekommen kann. Und du? Hast du überhaupt Urlaub?«

»Nein, nächste Woche wird es nicht klappen, aber gleich die Woche drauf. Wo magst du denn hinfahren? Überleg dir was.« Liebevoll strich Markus ihr übers Haar. Nach kurzer Überlegung meinte Tamara: »Ich würde gerne dahin fahren, wo wir unseren ersten wunderschönen Urlaub verlebt haben.«

»Du hast recht, lass uns an den Gardasee nach Limone gehen«, erwiderte Markus.

»Komm.« Er nahm seine Frau an der Hand. »Lass uns runtergehen und im Internet ein nettes Hotel für uns suchen. Wir buchen das gleich, dann haben wir was, worauf wir uns freuen können.«

Glücklich erhob sich Tamara und ließ sich von ihm aus dem Zimmer führen.

Im Café

Am nächsten Tag arbeitete Tamara mit vollem Einsatz im Café. Das tat sie eigentlich immer, doch dieses Mal lächelte sie fast ununterbrochen dabei. War sie doch immer nett zu den Gästen, aber heute verbreitete sie eine regelrecht ansteckende Fröhlichkeit. Sie würde mit Markus an den wunderschönen Gardasee fahren und alles würde gut werden. Einige Gäste hatten das Café verlassen - es war nur noch ein Paar anwesend, so dass Tamara sich auf den kleinen Hocker hinter der Theke setzen konnte. Sie wollte gerade aufatmen, als Robert durch den Seiteneingang hereinkam. Er strahlte und sagte zur Begrüßung: »Hi Tami.« Er küsste sie, wie gewohnt, rechts und links auf die Wangen und Tamara strahlte ihn an.

»Was freust du dich denn so? Habe ich was verpasst?«, lächelte Robert.

»Ich freue mich, weil ich mit meinem Mann in den Urlaub fahre.«

Sofort verdüsterte sich Roberts Gesicht. »Hast du denn überhaupt Urlaub?«, fragte er, auf einmal schlecht gelaunt.

»Ja, klar, das habe ich gestern Abend gleich telefonisch mit Eli abgeklärt.«

»Ach so, dann ist ja gut.«

»Wolltest du etwas Bestimmtes?«

»Nein, äh, doch ja, ich wollte Eliane was fragen.«
»Eli ist nach Hause gegangen. Es ist doch schon vier Uhr.« Tamara schaute Robert fragend an und dachte, der weiß doch, dass sie nur bis 14 Uhr da ist.«
»Ja, bin ich blöde.« Er schlug sich mit der Hand vor die Stirn. »Hab ganz die Zeit vergessen. Ich habe nämlich eine blendende Idee«, meinte er nun wieder, mit besserer Laune. »Soll ich sie dir verraten?«
»Ja, gerne.«
Robert beugte sich ganz nah an Tamara und erzählte ihr, was er sich ausgedacht hatte: »Du warst doch auch schon hinten im Hof. Stimmt´s?« Tamara nickte und wartete, was noch kam.
»Dort könnte man doch wunderbar ein paar Tische und Stühle aufstellen und somit das Café erweitern. Mit den Anwohnern sehe ich da kein Problem, da schließlich um 18 Uhr abends schon Schluss ist.«
Tamara sah begeistert aus und erwiderte: »Mensch Robert, das ist die weltbeste Idee. Eli wird begeistert sein. Man könnte den Hof mit ein paar Pflanzen wunderbar herrichten.« Sie geriet regelrecht ins Schwärmen, gab aber dann zu bedenken: »Aber kann Eli sich das denn überhaupt leisten?«

»Dafür möchte ich natürlich keine Miete. Für wen hältst du mich denn«, rief Robert empört aus. Ich nutze die Fläche dort draußen sowieso nicht.«

Tamara musste schlucken, als sie daran dachte, wie oft sie in letzter Zeit an ihn denken musste. Und wie er da so vor ihr stand, hätte sie ihn am liebsten ganz fest umarmt. In diesem Moment hob Robert seine Hand, strich ihr sanft über die Wange und flüsterte: »Was war das gestern? Da war doch was zwischen uns, das habe ich mir doch nicht eingebildet, oder?«

Entsetzt schaute Tamara ihn an und überlegte fieberhaft, was sie antworten könnte. Meistens fiel ihr in Roberts Gegenwart sowieso nichts Gescheites ein und nun so was. Jetzt war sie vollkommen durcheinander und konnte keinen klaren Gedanken mehr fassen. Zum Glück verlangte in diesem Moment der Mann, der mit seiner Frau da war, die Rechnung.

»Ich komme sofort.« Tamara sprang auf. So schnell war sie noch nie zum Abkassieren bei den Tischen gewesen. Enttäuscht verließ Robert das Café, indem er Tamara zurief: »Ich rufe Eliane heute noch an, um ihr den Vorschlag mit dem Hofcafé zu machen.«

Aber diese war schon mit hochrotem Kopf bei den Gästen angekommen.

Das Sofa

Eliane hüpfte vor lauter Freude durchs Wohnzimmer. Timo und Robert schauten ihr grinsend dabei zu. Der Vermieter des Cafés hatte ihr gerade seinen Vorschlag vom Hofcafé unterbreitet. Nun hielt sie kurz inne, um zuerst ihrem Mann und anschließend Robert ebenfalls um den Hals zu fallen. »Das wird der Hammer«, freute sich Eliane. »Und du möchtest wirklich kein Geld dafür?«

»Nein, natürlich nicht. Der Hof wird doch überhaupt nicht genutzt. Ich ärgere mich nur, dass ich nicht schon früher auf diese grandiose Idee gekommen bin«, äußerte sich Robert.

»Ich hab schon dran gedacht, aber mich nicht getraut, dich danach zu fragen«, meinte Eliane kleinlaut.

»Du Dummerchen, hättest du es doch getan. Dann hätten wir schon letzten Sommer die Eröffnung machen können.«

»Daran kann man jetzt nichts mehr ändern. Aber ist ja auch egal.« Eliane lief aufgeregt im Zimmer hin und her. Schließlich setzte sie sich auf die Couch und meinte: »Wir sollten das jetzt so schnell wie möglich in die Tat umsetzen, dann können wir noch den ganzen Juli und den August nutzen.«

»Du hast recht«, mischte sich nun Timo erfreut

ein. »Das ist wichtiger, als nach einem alten Sofa zu schauen.« Zufrieden lächelte er vor sich hin.

»Nichts da, mein Lieber. Heute ist unser freier Tag. Außerdem hat das eine nichts mit dem anderen zu tun. Das Lachen verging Timo also ganz schnell wieder. Robert blickte ziemlich verständnislos drein. »Habe ich was verpasst?«

»Eli hat sich in den Kopf gesetzt, eine bequeme, gemütliche Ecke für angeschlagene Gäste im Café einzurichten und…«

»Aber das ist doch super«, unterbrach Robert seinen Freund.

»Ja, schon. Aber es muss eines aus einem Antiquitätenladen sein«, seufzte Timo.

»Ja, und wo ist das Problem?«

»Wir wollten gerade losfahren, um einige dieser Läden abzuklappern. Eli hat eine lange Liste der Geschäfte erstellt«, erwiderte Timo und hatte dabei einen so gequälten Gesichtsausdruck, dass Robert in schallendes Gelächter ausbrach.

Er sprang auf mit den Worten: »Dann möchte ich euch nicht aufhalten.« Dabei grinste er immer noch übers ganze Gesicht. »Die Planung für den Hof machen wir dann morgen«, rief er den beiden noch zu.

»Toll, danke«, erwiderte Elianes Mann verzweifelt.

Eliane erhob sich und zog den resignierenden

Timo ebenfalls zur Haustür.

Timo trottete Eliane hinterher. Sie befanden sich bereits im fünften Antiquitätenladen, der sich in einer ruhigen Seitenstraße am Rande von Stuttgart befand. Er versuchte verzweifelt, einen Weg zu finden, wie er seine Frau zum Abbruch dieser Aktion bringen konnte. Es war ein heißer Frühsommertag und er hatte einfach keine Lust mehr, noch die vier weiteren Läden, die auf ihrer Liste standen, abzuklappern. Aus den Gedanken gerissen, hörte Timo, wie Eliane einen Schrei des Entzückens ausstieß: »Hier ist das Sofa. Ich habe es gefunden. Das ist es. Das und kein anderes!«

Überrascht schaute Timo auf das Sofa und versuchte einen möglichst begeisterten Gesichtsausdruck hinzubekommen. Das gelang ihm schließlich auch, denn allein die Vorstellung, dass die Tortur nun beendet sei, bewirkte so einiges. Das Sofa war wirklich ein Mini Sofa, in einem grün, blau, roten Blumenmuster. Für dieses Sofa hätte er nicht einmal 1 € bezahlt, aber er sagte fröhlich: »Ja, toll. Das ist ja super, dann können wir jetzt gleich bezahlen und gehen.«

Irritiert schaute Eliane ihren Mann an und meinte zweifelnd: »Echt? Gefällt es dir?«

»Nun ja, doch«, antwortete Timo mit gesenktem Kopf. Aber seine Frau hörte gar nicht mehr zu und war schon auf dem Weg zum Verkäufer. Als sie zurückkam sagte sie etwas geknickt: »Das gute Stück soll 300 € kosten.«

»Waaas? Für dieses alte Teil? Das kann doch nicht wahr sein. Aber, wenn es dich glücklich macht«, meinte er schließlich in Anbetracht der Tatsache, dass damit diese Aktion dann beendet wäre. Eliane fiel im freudig um den Hals und rief den Verkäufer herbei, um das Geschäft perfekt zu machen.

Im Café

Eliane hatte Tamara auf 11 Uhr ins Café bestellt. Wie sie es sich gedacht hatte, war um diese Zeit meistens nicht so viel los. Die Frühstücksgäste waren wieder weg und diejenigen, die immer zum Mittagessen kamen, noch nicht da. Sie wollte Tamara bei der Besprechung zur Hofgestaltung dabeihaben. Robert müsste auch jeden Moment kommen und später um 11:30 Uhr würde sich eine Aushilfskraft vorstellen. Auch dabei legte sie großen Wert auf die Meinung ihrer Freundin, schließlich mussten sie alle zusammenarbeiten.

Eliane schaute nervös auf ihre Armbanduhr, da es schon 11 Uhr war. Normalerweise kam Tamara meistens eher etwas früher. Eliane wusste, dass sie knapp kalkuliert hatte, mit nur einer halben Stunde zur Besprechung, aber sie hatte heute Nachmittag einen Arzttermin und war sowieso schon sehr aufgeregt deswegen. Es war die Kontrolluntersuchung, da sie vor zweieinhalb Jahren die Diagnose Brustkrebs erhalten hatte und nach erfolgreicher Therapie nur noch halbjährlich zur Untersuchung gehen musste. Es machte sie trotzdem immer nervös, obwohl ihre Prognose sehr gut war.

Ah, da kam Tamara ja endlich, eilte auf ihre Freundin zu, umarmte sie und während Eliane noch überlegte, ob sie Robert aus seiner Wohnung runterklingeln sollte, tauchte auch dieser wie aus dem Nichts auf. Die drei begaben sich in den Hof und schon sprudelte es aus Eliane heraus: »Hier hätte ich gerne vier oder fünf Tische. Was meint ihr? Reicht der Platz aus?«

»Aber ja«, konnte Robert sie beruhigen. »Das sind doch kleine Tische. Das geht auf jeden Fall.« Tamara nickt zustimmend.

»Und hier sollten wir ein Pflanzenmeer erschaffen, damit sich die Gäste wie mitten in der Natur fühlen können.«

»Ja, du hast recht«, bekräftigte ihre Freundin sie.

»Das wird wunderbar.« Eliane strahlte über das ganze Gesicht und Robert freute sich über die Begeisterung der beiden.

»Wir können gleich heute, nein, besser morgen einkaufen gehen. Am besten in einem Garten- oder Baumarkt.«

»Okay, sag Bescheid«, meinte Robert. »Ich kann das gerne mit Timo zusammen erledigen, nachdem du alles rausgesucht hast, Eli.«

»Super!«

»Jetzt hätte ich gerne einen Kaffee«, meinte Robert grinsend und schlenderte ins Café.

»Kein Problem. Gleich kommt eine junge Frau, um sich vorzustellen, aber du kannst dich hier ins Eck setzen.« Eliane deutete, nachdem sie und Tamara ihm gefolgt waren, auf den Tisch, der etwas abseits stand. Inzwischen waren auch drei junge Frauen gekommen, die sich neben die geöffnete Tür gesetzt hatten, da dort angenehme frische Luft hereinkam. Es war heute ein heißer Tag für Ende Juni. Während Tamara den Kaffee für Robert zubereitete, betrat Saskia Breitenstein das Café und schaute sich suchend um. Eliane ging auf sie zu und begrüßte sie mit den Worten: »Sie sind bestimmt Frau Breitenstein.«

»Ja, genau, die bin ich. Das ist aber schön hier«, äußerte sich die junge Frau entzückt, nachdem sie ihren Blick durchs Café hatte schweifen lassen.

»Freut mich, wenn es Ihnen gefällt. Setzen Sie sich doch.« Eliane deutete auf den Tisch direkt neben Robert und winkte Tamara herbei. Nachdem alle drei Platz genommen hatten, begann sie das Gespräch: »Ja, könnten Sie sich denn vorstellen, hier stundenweise auszuhelfen?«

»Klar, das ist genauso, wie ich es mir vorgestellt habe. Also, halbtags wäre super, wenn das nicht möglich ist, dann auch weniger. Ich fange im September allerdings woanders an zu arbeiten. Es wäre deshalb nur für den Übergang, wenn das kein Problem ist.«

»Das wäre kein Hindernis. Es geht jetzt eigentlich hauptsächlich um die Sommerzeit, weil wir das Café im Hof erweitern und wenn doppelt so viele

Gäste kommen, dann schaffen wir das mit unserer momentanen Besetzung nicht. In der Zwischenzeit habe ich ja dann Zeit genug, mich nach einer weiteren Aushilfe umzuschauen. Zunächst wären einige Stunden nach Bedarf für uns am sinnvollsten. Wenn noch jemand ausfällt, dann auch gerne halbtags.«

»Okay, super«, antwortete Saskia Breitenstein. »Wann soll ich anfangen?«

»Am besten gleich am Samstag, und da meine Hauptkraft nächste Woche im Urlaub ist, wäre es gut, wenn Sie in dieser Zeit halbtags arbeiten könnten. Wir können gerne „Du" sagen, wenn es recht ist«, fügte Eliane noch freundlich hinzu.

»Auf jeden Fall. Ich bin Saskia.« Sie streckte ihrer neuen Chefin die Hand entgegen.

Eliane schlug ein. »Eliane. Über die Bezahlung hatten wir ja schon am Telefon gesprochen.«

»Ja, klar.« Irgendwie war Saskia Breitenstein nicht mehr so ganz aufmerksam, sie schielte immer zu Robert hinüber, was Tamara auch bemerkte und es gab ihr einen Stich. Sie hatte die ganze Zeit stumm das Gespräch verfolgt und Saskia nur zögernd ebenfalls das „Du" angeboten.

»Ich werde doch wohl nicht eifersüchtig sein«, dachte sie erschrocken. »Quatsch«, schalt sie sich sofort. Kurzerhand schlenderte Eliane zu Robert und sagte: »Komm doch mal bitte.« Und an Saskia gewandt: »Das ist unser Vermieter. Er wohnt hier, direkt daneben.«

»Angenehm«, strahlte diese und Robert schaute bewundernd die bildhübsche Frau an. Sie war so ungefähr 25 Jahre alt, hatte eine blonde, lange Lockenmähne, ein hübsches Gesicht und strahlend blaue Augen. Zudem hatte sie eine superschlanke Figur. Tamara wurde immer missmutiger, wandte sich ab und ging hinter die Theke, um sich um das schmutzige Geschirr zu kümmern. Fünfzehn Minuten später gesellte sich Eliane zu ihrer Freundin, um sich mit ihr über die Neue zu unterhalten. Es waren inzwischen immer mehr Gäste gekommen und sie hatten nicht viel Zeit. Tamara äußerte ihre Meinung: »Also, ich weiß nicht. Meinst du, dass diese Saskia die Richtige für uns ist? Ich finde sie so ein bisschen überheblich.«

»Findest du?« Eliane schaute zu der jungen Frau hinüber, die sich immer noch angeregt mit Robert unterhielt. »Ich habe das so gar nicht empfunden. Sie ist eine natürliche Schönheit und hat klar gesagt, wie sie sich alles vorstellt, dass sie nur bis September arbeiten kann. Also, ich finde das jetzt ganz okay so«, meinte Eliane irritiert. »Wenn du mir einen triftigen Grund sagst, warum ich sie nicht einstellen soll, dann mache ich das auch nicht.«

»Es ist nur so ein Gefühl. Vielleicht täusche ich mich auch«, meinte Tamara achselzuckend und wandte sich ab, um die neuen Gäste zu bedienen. Stirnrunzelnd schaute ihre Freundin ihr nach.

»Na, ja, vielleicht hat sie nur einen schlechten Tag«, murmelte Eliane vor sich hin und wandte sich wieder anderen Aufgaben zu.

WG

Eliane saß mit ihren Freundinnen zusammen in deren Wohngemeinschaft im Wohnzimmer. Tamara war nicht dabei, da sie nach einem anstrengenden Nachmittag im Café, nach Hause gegangen war, um schon mal die Koffer zu packen, weil es schließlich am Samstag in den Urlaub gehen würde. Rebecca und Eliane saßen bequem auf der Couch und Klara hatte sich von der massiven Esstischgruppe aus Kiefernholz, die mitten im Zimmer platziert war, einen Stuhl herangezogen und sah ihre Freundinnen nachdenklich an. Rebecca hatte gerade gesagt, dass ihr nun auch aufgefallen sei, dass Tamara im Moment schlecht aussehe und ob sie wüssten, ob es in ihrer Ehe vielleicht kriselte oder sonst irgendetwas passiert war?

»Sie hat erwähnt, dass es mit ihrem Mann ein paar Probleme gäbe, aber ich möchte jetzt nicht darüber diskutieren. Das kannst du sie ja bei Gelegenheit selbst fragen«, entgegnete Eliane, der es widerstrebte über eine Freundin zu sprechen, wenn diese nicht selbst dabei war. Sie würde niemals, auch nicht mit ihren besten Freundinnen über Probleme sprechen, die ihr anvertraut worden waren. Aber auch Rebecca und schon gar nicht Klara tratschten normalerweise über andere

Menschen, sie machten sich einfach nur Sorgen. Klara wünschte sich sowieso immer, dass alle glücklich waren.

»Ja«, erwiderte Rebecca. »Das werde ich auch tun, aber wahrscheinlich habe ich recht mit meiner Vermutung, dass es um ihre Ehe geht.«

»Gleich morgen Abend werde ich schauen, ob ich sie zuhause antreffe, bevor sie in den Urlaub geht«, warf nun Klara ein.

»Dann lass uns doch morgen Abend zusammen hingehen«, schlug Rebecca vor. »Vielleicht erwischen wir sie alleine, ohne Markus.«

»Gute Idee.«

»Ja, macht das mal. Ich habe morgen leider keine Zeit, aber das macht nichts. Ich habe schließlich schon mit ihr gesprochen und sehe sie ja auch noch, bevor sie in den Urlaub geht«, fügte Eliane hinzu.

Rebecca erhob sich. »Okay, möchtet Ihr einen Wein trinken?« Eliane zögerte. »Nein, lieber nicht. Ich gehe dann auch demnächst wieder.

Timo wartet auf mich. Wir haben wegen der Hofgestaltung noch einiges zu besprechen. Und morgen früh werden wir auch die Sitzecke mit dem neuen Sofa einrichten. Es wird uns morgen schon geliefert. Darauf freue ich mich riesig.«

»Da bin ich gespannt«, meinten ihre Freundinnen, wie aus einem Munde.

Klara lächelte. »Ich würde gerne noch etwas mit dir trinken, bevor ich schlafen gehe.«

»Super«, erwiderte Rebecca erfreut.

Eliane verabschiedete sich, jedoch nicht, ohne ihren Freundinnen mitgeteilt zu haben, dass bei ihrer Untersuchung alles in Ordnung gewesen sei.

»Und du hast mal wieder nicht gesagt, dass du zur Krebsvorsorge gehst.« Klara war empört.

»Du kennst sie doch«, winkte Rebecca ab.

»Sie will uns nicht beunruhigen.«

Eliane drückte ihrer kopfschüttelnden Freundin einen Kuss auf die Wange, umarmte Rebecca und eilte, bevor noch eine der beiden etwas sagen konnte, tatendurstig nach Hause.

Verflixter Donnerstag

Völlig erschöpft erreichte Tamara ihre Haustüre. Das war vielleicht heute ein verflixter Donnerstag. Keiner ihrer Stammgäste war erschienen. Und sie machte sich immer noch Sorgen um die junge kranke Frau, die sie schon so lange nicht gesehen hatte. Und auch das andere Sorgenkind war wieder nicht da gewesen. Irgendwie hatte es an diesem Tag nur gestresste und unfreundliche oder besser gesagt, uninteressierte Menschen gegeben. Oder lag es vielleicht an ihr, weil ihre Stimmung nicht allzu gut war, fragte sich Tamara gerade, als sie bemerkte, dass sie ihren Haustürschlüssel nicht in der Tasche hatte. »Mist«, entfuhr es ihr, da ihr bewusst wurde, dass sie den neben ihrer Tasche unter der Theke platziert hatte. Da musste er nun auch noch liegen. »Das darf doch nicht wahr sein«, stöhnte sie. Markus war heute Abend auf einem Geschäftsessen, er konnte sie also auch nicht reinlassen. Nun gab es nur eins, zurück zu ihrer Arbeitsstelle und den Schlüssel holen. Normalerweise würde ihr der Spaziergang nichts ausmachen, aber heute wollte sie wirklich nichts mehr hören und sehen.

Am Ziel angekommen, schloss Tamara die Haustür zum danebenliegenden Haus auf, in dem sich Roberts Wohnung befand, denn nur von dort konnte man das Café betreten. Man musste die Tür des Geschäfts von innen öffnen. Beinahe wäre sie mit ihm zusammengekracht, da er gerade das Haus verlassen wollte. »Meine Güte. Hast du mich erschreckt«, keuchte Tamara.

»Danke gleichfalls«, antwortete er, indem er sie am Arm fasste und fragte: »Bist du okay? Du siehst blass aus.«

»Ja.« Tamara seufzte. »Alles in Ordnung, ich habe nur meinen Schlüssel vergessen.«

»Ach.« Langsam hob Robert mit seiner Hand ihr Kinn an, so dass Tamara ihm in die Augen schauen musste und meinte: »Du hast doch Kummer. Magst du dich nicht mal aussprechen?«

»Ganz sicher nicht mit dir«, entfuhr es ihr.

Gekränkt schaute Robert sie an. »Wie du meinst.« Er wollte sich abwenden, als Tamara ihn zurückhielt. »Entschuldige, ich bin einfach fertig mit der Welt. Es ist im Moment alles nicht so einfach, aber ich möchte nicht darüber sprechen. Tut mir leid. Ich wollte dich nicht so anfahren.« Sie ließ sich sogar kurz von Robert in den Arm nehmen.

»Tamara, ich weiß, dass auch du Gefühle für mich hast. Es nützt nichts, wenn du versuchst, das zu verdrängen«, äußerte er sich. Abrupt befreite sie sich aus der Umarmung. »Hör auf damit.« Sie drehte sich auf dem Absatz um, um schnellstmöglich Ihren Haustürschlüssel zu holen. Das hatte ihr nun gerade noch gefehlt. Was für ein Tag. Als sie den Raum wieder verließ, war Robert verschwunden. Sie eilte hinaus und war zehn Minuten später wieder zuhause angekommen.

Tamara hatte schon von Weitem gesehen, dass Rebecca und Klara vor der Tür standen. Was konnte das jetzt bedeuten? Ihr war überhaupt nicht nach Gesellschaft zumute, so gerne sie ihre Freundinnen auch hatte. Was wollten die beiden ausgerechnet heute von ihr? Am Eingang angekommen, machte sie gute Miene zum bösen Spiel.

»Hi, was treibt euch hierher?«

Wir machen uns Sorgen«, antwortete Klara.

»Du gefällst uns in letzter Zeit gar nicht«, warf Rebecca ein.

»Wie das?«, fragte Tamara zögernd.

»Du weißt, was wir meinen. Dürfen wir reinkommen? Magst du dich nicht mal aussprechen?«

»Warum wollen heute alle mit mir sprechen?«, entfuhr es ihr. »Ich habe niemanden darum gebeten.«

»Komm, lass uns gehen«, meinte Rebecca nun, die nicht so viel Geduld wie ihre Freundin besaß.

Aber Klara hielt sie zurück. »Blödsinn, wir gehen jetzt da rein und unterhalten uns ein bisschen.« Bekräftigend nahm sie Tamara am Arm. Diese resignierte und die drei betraten das Haus. Nachdem Tamara ihren Gästen trotz ihrer schlechten

Stimmung etwas zu trinken angeboten hatte, gab sie ihre Zurückhaltung auf und erzählte, dass sie im Moment nicht so glücklich in ihrer Ehe war, dass sie aber nicht wusste an was es lag. »Markus verhält sich komisch, aber ich glaube nicht, dass er eine andere hat. Das würde ich merken.«

Nach einer Stunde nahmen ihre Freundinnen sie nacheinander fest in den Arm und meinten: »Jetzt geht mal in den Urlaub, vielleicht renkt sich dann alles wieder ein. Vielleicht ist dein Mann wirklich nur überarbeitet. Danach werden wir mal was zusammen unternehmen. Was meinst du? Wir könnten doch mal wieder nach Karlsruhe, Tapas essen gehen.«

»Oh ja, das ist eine gute Idee«, erwiderte Tamara nun schon viel besser gelaunt. Tatsächlich ging es ihr jetzt nach dem Gespräch mit ihren Freundinnen etwas besser. So sah die Zukunft doch wieder etwas rosiger aus.

Stammtisch

Der Freitag war relativ ruhig verlaufen. Es war zwar immer etwas los gewesen, aber nicht in Stress ausgeartet. Eliane hatte für Tamara den Dienst übernommen, damit ihre Freundin in Ruhe für den Urlaub packen konnte. Sie hatte Timo auch nicht um Hilfe bitten müssen, da die Gäste nacheinander gegangen und erst danach neue gekommen waren.

Nun saßen sie hier beim Stammtisch zusammen. Alle, außer Tamara und Rebecca, waren anwesend. Letztere hatte gesagt, dass sie eine Überraschung mitbringen würde. Deshalb warteten alle gespannt, was da kommen würde. Klara äußerte die Vermutung, dass die Freundin ihren neuen Freund mitbringen könnte, da sie in den letzten Tagen ständig mit dem geheimnisvollen Unbekannten unterwegs gewesen war. Aber das würden sie ja schließlich bald erfahren.

Heute Abend war es bei dem Treffen etwas ruhiger als sonst. Eliane schaute Robert an und fragte: »Hey, was ist los mit dir? Bist du krank? Du redest ja kein Wort und hast einen so finsteren Gesichtsausdruck drauf.«

»Nein, alles in Ordnung«, antwortete er wortkarg.

»Hast du gehört von was wir hier reden? Nämlich, dass Rebecca eine Überraschung mitbringt.«

»Ja, ja, habe ich gehört.«

»Und bist du gar nicht neugierig?«, fragte Eliane, weil sie bis vor Kurzem vermutet oder sich auch gewünscht hatte, dass eventuell aus Rebecca und Robert ein Paar werden würde. Aber nachdem er überhaupt nicht reagierte, als erwähnt wurde, dass diese vielleicht einen Freund mitbringen könnte, verwarf sie diesen Gedanken wieder. Robert versank weiterhin in Schweigen und dachte nach. Was sollte er nur tun? Es war ein fürchterlicher Gedanke für ihn, dass Tamara mit ihrem Mann in den Liebesurlaub fahren wollte.

Er konnte es fast nicht ertragen, aber was sollte er

schon machen. Er konnte ja schlecht hinterherfahren. Dazu bestand gar kein Grund, schließlich war sie mit Markus verheiratet. Er wurde aus seinen Überlegungen gerissen, als die Tür aufging und Rebecca in Begleitung eines blonden großen Mannes das Café betrat. Alle Blicke wanderten zu den Neuankömmlingen. Rebecca strahlte und eilte auf den Tisch zu. Ihr Begleiter folgte ihr und sie stellte ihn vor. »Das ist Matthias. Er möchte mal sehen, wo ich meine Freitagabende verbringe.«

»Hallo Matthias«, sagte Eliane, erhob sich und gab ihm die Hand. »Nett, dich kennenzulernen. Ich bin Eliane.«

Nacheinander begrüßten alle den Neuen und stellten sich vor. Auch Robert kam geistesabwesend um den Tisch herum und schüttelte ihm die Hand. Die Unterhaltung verlief an diesem Abend etwas schleppend. Keiner traute sich die üblichen Witze zu machen oder sich ungezwungen zu verhalten, da ein Fremder anwesend war. Dazu kam, dass dieser so gut wie kein Wort sagte. Da stellte sich für Klara und die anderen die Frage, ob er nur schüchtern war oder sich einfach für etwas Besseres hielt. Man konnte ihn nicht so richtig einschätzen. Rebecca lächelte er ab und zu an und hielt die ganze Zeit ihre Hand, was etwas verwirrend für die Freunde war, da sie normalerweise kein übertrieben anhänglicher Mensch war. Das ist ja dann schnell gegangen, überlegte sich ihre Mitbewohnerin. Vor ein paar Tagen wollte sie schließlich noch gar nichts von einer Beziehung wissen. Plötzlich erhob sich Robert und sagte: »Gute Nacht zusammen, ich muss morgen ganz früh raus. Ich wünsche euch einen schönen Abend.« Und schwupp di wupp war er verschwunden. Nun herrschte erst recht betretene Stille. Eliane machte sich Gedanken um ihren heißgeliebten Stammtisch. Der würde doch nicht mit der Zeit auseinanderfallen bei solchen Stimmungstiefs. Ihre Mutter Brigitte versuchte die Stimmung etwas aufzuheitern, indem sie etwas Lustiges aus ihrem Freundeskreis erzählte. Das Problem war nur, dass das niemanden groß zu interessieren schien. Nachdem Rebecca gerade mal eine knappe Stunde mit ihrem Matthias dagewesen war, erhoben sich die beiden, tuschelten und verabschiedeten sich ebenfalls.

»Na toll«, äußerte sich Eliane nun verärgert. Klara empörte sich ebenfalls: »Das ist ja ein richtiger Stimmungsmacher.«

»Nun, jetzt seid mal nicht ungerecht«, erwiderte Timo. »Er kannte ja hier niemanden. Was erwartet ihr denn?«

»Nimm du ihn nur in Schutz. Wir werden ja sehen. Wenn der jetzt immer mitkommt, gebe ich unserem Stammtisch hier noch genau drei Wochen.« warf nun wieder Eliane ein.

»Hey, du bist doch sonst nicht so.« Timo schaute sie fragend an. »Was ist los mit dir?«

»Ich weiß nicht. Irgendwie gefällt mir der Typ nicht, aber vielleicht täusche ich mich auch.

Hoffentlich! Ich würde es Rebecca wünschen. Sie war so lange alleine. Du aber auch Klara«, fügte sie ihre Freundin anschauend hinzu.

»Papalapap, ich möchte gar keine Beziehung.« Aber sie senkte dabei die Augen und Eliane wusste, dass das nicht der Wahrheit entsprach. Da nun wirklich keine Stimmung mehr aufkam, verabschiedeten sich alle mit dem festen Versprechen, das es nächstes Mal wieder besser werden würde.

Urlaub

Tamara und Markus fuhren gerade auf die Autobahn in Richtung Stuttgart. Es war 6 Uhr morgens und im Moment war auf der A8 nur wenig Verkehr. Für Tamara begann jetzt schon der Urlaub. Sie freute sich sehr auf die gemeinsamen Tage mit ihrem Mann. Nachdem sie gestern Abend spät mit Kofferpacken fertig geworden war, konnte sie sich nun zum ersten Mal ein bisschen entspannen. Sie schaute Markus von der Seite an und stellte fest, dass er etwas angespannt aussah. Deshalb sagte sie: »Markus, du kannst dich entspannen, unser Urlaub beginnt. Geht es dir nicht so gut?«

»Doch, alles in Ordnung, aber mein Urlaub beginnt erst, wenn wir dort sind. Wer weiß, was heute verkehrsmäßig noch auf uns zukommt.«

»Ja, das stimmt. Vielleicht hätten wir doch besser gestern Abend schon fahren sollen. Oder heute Nacht.«

»Nein, ich denke der Schlaf war nach der arbeitsreichen Woche auch wichtig für uns. Jetzt hoffen wir das Beste.«

»Okay, ich mache eine Weile die Augen zu, aber wenn du müde wirst, sag bitte Bescheid. Nicht, dass du auch noch einschläfst. Dann halten wir lieber an.«

»Alles klar, aber in den nächsten Stunden wird es kein Problem sein.«

Tamara schloss die Augen und träumte schon mal vom Gardasee. Dort war ihr erster gemeinsamer, wunderschöner Urlaub gewesen. Nun hoffte sie, dass ihre Ehe dort wieder etwas in Schwung käme, wenn alte Erinnerungen aufgefrischt werden würden. Ihre Gedanken schweiften ab zu Robert. Erschrocken stellte sie das fest und versuchte krampfhaft an irgendetwas anderes zu denken. War sie denn noch ganz normal? Was sollte das denn jetzt? Sie hatte wahrscheinlich in letzter Zeit einfach zu viel Stress und Kummer gehabt. Überhaupt ging er ihr viel zu viel im Kopf herum. Robert hatte sie vollkommen durcheinandergebracht mit seinen Bemerkungen in letzter Zeit. Jetzt würde sie einfach mal für eine Woche alles abhaken. Tatsächlich gelang ihr das im Moment auch und sie dachte über alles Mögliche nach, über ihre Zukunft nach dem Urlaub, was sie alles mit Markus zusammen in ihrem gemeinsamen Leben erreichen wollte und vor allem auch über Kinder. Dieses Thema würde sie auf jeden Fall in den kommenden Tagen ansprechen und Markus fragen, was er davon hielt, wenn sie nicht mehr allzu lange damit warten würden. Mit diesen Gedanken schlief sie fest ein, da die Nacht doch etwas kurz gewesen war.

Das Hofcafé

Eliane schloss die Tür von innen ab. Das Café war samstags nur bis 13 Uhr geöffnet. Tatsächlich war heute die Hölle los gewesen. Sie war erschöpft, aber freute sich auch, dass ihr kleines Café so gut lief und ließ sich kurz auf einen Stuhl fallen, um etwas zu verschnaufen. Sie freute sich, dass das heute mit Saskia Breitenstein so gut funktioniert hatte. Die Frau hatte der Himmel geschickt. Sie war flink und hatte ein Auge dafür, wo sie gebraucht wurde. Besser hätte es nicht sein können. Allerdings hatte Eliane Saskia manchmal dabei beobachtet, wie sie immer wieder zur Seitentür schielte. Als sie nun daran dachte, musste sie vor sich hin grinsen. Sie wusste sehr wohl, dass Saskia auf Robert gewartet hatte. Es war ihr doch gleich aufgefallen, dass dieser ihr gefiel. Aber solange Saskia ihre Arbeit so gut erledigte, war das ja kein Problem, überlegte sie und erhob sich mit neuem Elan, um nach draußen in den Hof zu gehen. Eliane war gespannt, wie weit Timo und Robert schon gekommen waren. Zusammen hatten sie am Tag zuvor alle Möbel für den Hof gekauft und im Hausgang deponiert. Die beiden wollten schon mal anfangen, alles herzurichten. Im Innenhof angekommen, traute sie ihren Augen nicht. Es war alles schon so gut wie fertig. Staunend schaute sie sich um. Es waren fünf Vierertische mit den dazugehörigen Stühlen komplett aufgestellt worden und ein paar Pflanzen hatten die beiden auch schon drumherum platziert. Es war ein Traum. Eliane verschlug es die Sprache. Ihr Mann und Robert bemerkten begeistert ihren verblüfften Gesichtsausdruck.

»Ihr seid ja der Hammer«, rief sie den beiden zu. »Ich hätte euch doch helfen können.«

»Du hattest ja nun wirklich genug zu tun«, antwortete Robert und Timo nahm seine Frau schweigend in die Arme und sagte: »Freut mich, dass es dir gefällt. Das ist wirklich eine sehr gute Idee von Robert gewesen. Nächste Woche kann es schon losgehen.«

Nachdem Eliane für alle drei Kaffee gemacht hatte, setzten sie sich draußen hin, um dieses wunderschöne Ambiente zu genießen.

»Übrigens«, meinte Eliane nun an Robert gewandt. »Du wurdest heute schon sehr vermisst.«

»Ach ja«, fragt er zweifelnd. »Von wem denn?«

»Ich denke, das weißt du schon.«

»Nein, ich habe keine Ahnung.« Und so wie er Eliane fragend anblickte, meinte er es tatsächlich so.

»Hast du denn tatsächlich nicht bemerkt, wie unsere neue Bedienung dich die ganze Zeit bei ihrem Vorstellungsgespräch angeschaut hat?«

»Ach so.« Robert winkte ab. »Na ja, habe ich schon bemerkt, aber vergiss es.«

Sprachlos schaute Eliane ihn an. So kannte sie ihn gar nicht. Er wird doch nicht etwas ausbrüten? So lustlos wie er zurzeit daherkam. »Muss ich mir Sorgen machen?«

»Quatsch.« Er verschloss sich gleich wieder.

»Ich muss jetzt auch gehen. Schön, dass dir alles hier so gefällt, wie wir es gemacht haben. Macht's gut.« Robert küsste Eliane rechts und links auf die Wangen, klopfte Timo auf die Schultern, und weg war er.

Kopfschüttelnd schauten die beiden ihm nach und Timo zuckte verständnislos mit den Schultern. »Na, dann lass uns mal nach Hause gehen«, meinte er zu seiner Frau. »Wir könnten uns einen gemütlichen Nachmittag machen. Ich denke, wir haben uns ein bisschen Ruhe verdient.«

»Da hast du wohl recht«, antwortete Eliane und die beiden machten sich auf den Weg.

Rebecca und ihr Freund

Rebecca schlenderte mit ihrem neuen Freund die Schwarzwaldstraße hinauf, um einen kleinen Spaziergang zu machen. Ja, tatsächlich war es in den letzten Tagen zu einer richtigen Beziehung zwischen den beiden gekommen. Deshalb hatte Rebecca Matthias auch zu ihrem Freitagstreffen mitgenommen, damit er sich richtig dazugehörig fühlen konnte. Aber irgendwie war das ein Schuss in den Ofen gewesen. Er schien sich nicht wohl gefühlt zu haben. Nun war zum ersten Mal die Gelegenheit da, ihn darauf anzusprechen. »Hat es dir am Freitag beim Stammtisch nicht gefallen?«

»Nun ja, ich bin nicht so ein Gruppenmensch. Ich bin eigentlich eher ein Einzelgänger.« Mehr sagte er nicht dazu.

»Okay, du musst auch nicht immer mitgehen. Ich wollte dich halt mal meinen Freunden vorstellen. Unsere Beziehung ist ja auch noch ganz frisch, aber es fühlt sich so an, als ob wir uns schon ewig kennen würden. Zumindest für mich.«

»Ja, so geht es mir auch.« Lächelnd legte Matthias den Arm um Rebecca. Diese atmete erleichtert auf.

»Da bin ich aber froh, wenn du das nicht von mir erwartest, aber du wirst dann ja, denke ich mal, auch nicht mehr hingehen, so dass wir den Freitagabend zusammen verbringen können. Schließlich ist ja dann Wochenende«, fuhr er fort.

Irritiert schaute Rebecca ihren Freund an und meinte: »Meine Freunde waren, ich meine sind, eigentlich das Wichtigste in meinem Leben.«

»Na, das Wichtigste werde ja wohl in Zukunft ich sein.« Matthias musterte Rebecca von der Seite. Diese lachte auf und dachte sich: »Das war doch bestimmt Spaß«, aber so ganz wohl fühlte sie sich nicht mehr in ihrer Haut. Der restliche Spaziergang verlief deshalb auch ziemlich schweigsam.

Robert

Robert lehnte an der Arbeitsfläche in seiner modernen Küche und dachte nach. Was sollte er nur tun? Hier zu Hause würde er verrückt werden. Er musste ständig an Tamara denken, wie sie jetzt mit ihrem Mann am Gardasee war und die beiden vielleicht wieder zueinander fanden. Dieser Gedanke war für ihn fürchterlich. Schließlich hatte er in letzter Zeit schon vermutet, dass es in ihrer Ehe kriselte, hatte er doch zufälligerweise auch mal ein kurzes Gespräch zwischen Tamara und Eliane unfreiwillig belauscht. Die beiden waren in dem kleinen Aufenthaltsraum im Café gewesen und hatten nicht bemerkt, dass er schon zu Tür hereingekommen war. Er hatte sich dann leise wieder zurückgezogen. Robert steigerte sich immer mehr in seine Gedanken hinein und überlegte, dass es so nicht weitergehen konnte. Er musste sich ablenken. Bis vor Kurzem war er ständig geschäftlich unterwegs gewesen, weil er als Selbstständiger in der Immobilienbranche tätig gewesen war. In ganz Deutschland waren seine Kunden verstreut. Aber nun hatte Robert eine Stelle bei einer Versicherungsgesellschaft und ging zwar auch zu den Leuten, um Finanzierungen und Versicherungen abzuschließen, aber er war doch nicht mehr ständig auswärts unterwegs und übernachtete meistens zu Hause, da sich die Strecken, die er fahren musste, in Grenzen hielten. Nun fiel ihm hier die Decke auf den Kopf.

Er musste Urlaub machen, entschied er. Am besten am Gardasee. Nein diesen Gedanken verbot er sich sogleich wieder. Das war natürlich Quatsch, er würde seine Sachen packen und aufs Geradewohl irgendwohin fahren. Kurz entschlossen stieß er sich mit den Händen von der Arbeitsplatte ab, eilte ins Schlafzimmer, riss den Schrank auf, holte seine Reisetasche aus dem oberen Fach und begann wahllos einige Kleidungsstücke hineinzuwerfen. Eine halbe Stunde später saß er in seinem Auto und fuhr ziellos, nachdem er noch in der Firma angerufen hatte, Richtung Stuttgart. Das mit seinem Urlaub war kein Problem gewesen. Er hatte eine Woche freinehmen können.

Gardasee

Tamara kam nachdenklich aus dem Bad ihrer gemütlichen Ferienwohnung in Limone, einem kleinen Ort am Gardasee, direkt dort, wo sich die Touristen tummelten und wo vor allem abends das Leben pulsierte. Markus war gerade unter die Dusche verschwunden. Viel hatte sich in ihrer Beziehung und vor allem im Bett noch nicht getan. Aber es ist ja auch erst Montag, dachte sich Tamara. Wir mussten uns ja erstmal von dem Stress der Fahrt hierher erholen, beruhigte sie sich. Da kann man noch keine Wunder erwarten. Ab heute würde die Entspannung losgehen und alles würde gut werden. Tamara wurde durch das Klingeln des Handys ihres Mannes aus ihren Gedanken gerissen. Kurzentschlossen griff sie nach dem Telefon, das auf dem kleinen Esstisch lag, und nahm das Gespräch entgegen.

»Hallo.« Tamara wollte schon auflegen, weil keine Antwort kam, als sich dann doch noch nach kurzem Räuspern eine Stimme meldete: »Hallo, Sie sind sicher Tamara. Hier ist Anton.«

»Ach, hallo, Sie möchten bestimmt meinen Mann sprechen. Der ist allerdings gerade im Bad. Kann ich was ausrichten? Gibt es Probleme in der Firma?«

»Ja, nein, ja doch, ich müsste ihn was fragen, aber ich kann es auch später noch mal versuchen.«

»Kein Problem, ich richte Markus aus, dass er zurückrufen soll«, antwortete Tamara fröhlich. Sie erinnerte sich an das kurze Treffen mit diesem sympathischen Mann und wünschte ihm freundlich einen schönen Tag. Tamara öffnete die Badtür, streckte kurz den Kopf hinein und rief: »Markus, dein Geschäftskollege Anton hat gerade angerufen. Du kannst ihn ja mal zurückrufen. Ich glaube, er wollte irgendwas Geschäftliches fragen.« Nachdem keine Antwort kam, ging sie ins Bad hinein und sagte: »Hast du gehört?«

»Ja, ach so, entschuldige. Alles klar, ich erledige das nachher. Aber jetzt würde ich sagen, gehen wir erstmal ins Städtchen und bummeln ein bisschen.«

»Das ist wirklich eine super Idee. Ich bin schon fast fertig. Wir können gleich gehen.«

Fünfzehn Minuten später schlenderten die beiden Hand in Hand durch die kleinen Gassen. Tamara meinte: »Ich hätte jetzt Lust auf ein Eis. Was sagst du dazu?«

»Jetzt? Am Vormittag?«

»Ist doch egal.«

»Du hast recht, warum eigentlich nicht. Richtig Hunger habe ich noch nicht. Das Mittagessen kann noch eine Weile warten. Lass uns doch in diese kleine Eisdiele hier gehen.« Markus deutete gleich am Anfang der Fußgängerzone auf ein kleines Eiscafé. »Übrigens, warte mal kurz.« Er fasste seine Frau sanft an den Arm, legte die andere Hand um ihren Nacken, sah ihr tief in die Augen und flüsterte leise: »Tamara, Schatz, ich wollte dir nur mal sagen, wie sehr ich dich liebe und möchte dich bitten, dass du das nie vergisst, egal was kommt.«

Erstaunt sah Tamara ihren Mann an. »Aber klar, das weiß ich doch.« Sie umarmte Markus, drückte sich kurz an ihn, nahm ihn an der Hand und so gingen die beiden in die Eisdiele. Was war das denn jetzt, dachte Tamara verwundert. Aber auf der anderen Seite beruhigte sie das eben Gesagte auch sehr. Und wieder sagte sie sich, dass alles gut werden würde. Sie konnte ja nicht wissen, wie sehr sie sich täuschte.

...

Markus schlich sich um das Eckhaus in der kleinen Gasse und nutzte die Gelegenheit, Anton anzurufen, während Tamara in einem der Souvenirläden verweilte. Als sein Geschäftspartner das Gespräch angenommen hatte, polterte er sofort los:»Was war das denn heute Morgen? Du sollst doch nicht anrufen, wenn ich hier im Urlaub bin.«

»Nun beruhige dich mal. Ich wollte mich doch nur mal melden. Ich...«

»Was soll das?«

»Nix, jetzt sei doch nicht so aufgebracht«, entgegnete Anton jetzt auch deutlich verärgert.

»Also, was gibt´s?«

»Schöne Grüße vom Chef.«

»Und deshalb rufst du mich an?«

»Nein, natürlich nicht. Hast du mit deiner Frau gesprochen?«

»Nein, und ich werde das diese Woche auch nicht tun. Es ist so schon alles kompliziert genug und Tami braucht diese Erholung dringend.«

»Ich wollte nur.....«

»Da kommt Tamara. Ich muss Schluss machen«, fiel Markus Anton ins Wort und brach das Gespräch ab. Eiligst ging er auf seine Frau zu und lächelte sie an.»Und, hast du was gefunden?«

»Nein, aber es ist schön, einfach mal nur rumzubummeln.«

»Da hast du recht«, entgegnete Markus, legte den Arm um sie und gab ihr einen Kuss.

»Was hast du denn?«, fragte Tamara. »Du siehst so gestresst aus.«

»Nein, das täuscht. Ich fange langsam an, mich zu entspannen.«

Tamara lächelte ihn an. »Schön, das freut mich.«

»Lass uns doch heute Nachmittag baden gehen«, fügte sie noch hinzu.

»Gerne.«

Die beiden schlenderten noch eine Weile durch die kleinen Gassen und kauften bei einem Gemüsehändler frische Salate für ein spätes Mittagessen.

Einweihung

Eliane, Klara, Timo und Brigitte standen fröhlich im neu eingerichteten Hofcafé, um die Eröffnung zu feiern. Tagsüber hatte jeder Gast einen Prosecco zur Begrüßung bekommen. Nun wollte Eliane noch ein bisschen im engsten Kreis feiern. Nachdem um 17 Uhr kaum noch Gäste da waren, hatte sie genug Zeit gehabt, alles für die kleine Einweihungsparty schön herzurichten. Tatsächlich waren nur wenige da, nachdem Rebecca nicht erschienen war, Tamara am Gardasee verweilte und Robert das Weite gesucht hatte. Aber davon wollte sich Eliane nicht die Laune verderben lassen und sagte: »Ich freue mich, dass alles so gut geklappt hat, das Wetter herrlich ist und wir jetzt zusammen auf die Eröffnung anstoßen können. Ich danke euch allen, dass ihr mich immer unterstützt und meine Ideen ernst nehmt. Naja, das mit dem Hof war ja Roberts Idee. Dafür bin ich ihm auch sehr dankbar, allerdings mache ich mir tatsächlich im Moment etwas Sorgen um ihn……«
»Aber jetzt lasst uns erstmal anstoßen«, unterbrach Brigitte ihre Tochter. »Das habt ihr ganz großartig gemacht. Es sieht wunderschön aus. Man fühlt sich wie im Urlaub.«
Eliane strahlte und sie stießen auf dieses schöne Ereignis an.

Nach einer Weile setzten sie sich, nachdem sie zwei Tische zusammengeschoben hatten, und unterhielten sich noch ein bisschen über Belangloses, bis schließlich das Thema wieder auf Robert kam.

»Ich weiß echt nicht, was mit ihm los ist. Ich dachte eigentlich immer, dass vielleicht aus Rebecca und ihm ein Paar werden könnte, aber das waren wohl Wunschträume«, seufzte Eliane.

»Du weißt ja, das Leben ist kein Ponyhof«, mischte sich ihre Mutter ein.

»Ja, da hast du allerdings recht.« Die anderen nickten zustimmend.

Klara hatte ihre Freundin nachdenklich angeschaut und konnte sich nun doch nicht verkneifen zu sagen: »Sag mal Eli, bist du eigentlich total blind?«

Erschrocken sah Eliane ihre Freundin an. Solche Töne kannte sie von ihr gar nicht. »Warum?«

»Sonst hättest du doch bemerkt, dass Robert bis über beide Ohren in Tamara verknallt ist.«

»Waaaaas, das glaube ich nicht.«

»Das sieht doch ein Blinder.«

Auch Timo und Brigitte sahen etwas irritiert aus. Normalerweise hatte Eliane schon ein Gespür für so etwas, aber da müsste sie sich schon sehr täuschen. Das war ihr nicht aufgefallen, deshalb äußerte sie sich auch ungläubig: »Wie kommst du denn darauf? Das kann ich nicht glauben. Tamara ist doch glücklich verheiratet.«

Skeptisch sahen auch die andere Anwesenden Klara an.

»Verheiratet ja, aber glücklich?«, äußerte sich diese.

»Nun ja, in letzter Zeit kamen mir da auch Zweifel«, räumte Eliane ein. »Ja meinst du denn, dass das auf Gegenseitigkeit beruht? Also, dass auch Tamara...«

»Na klar, das ist doch nicht zu übersehen.«

Nach längerer Überlegung unterbrach Brigitte die plötzlich entstandene Stille: »Wenn ich mir das so recht überlege, ist mir da letztens beim Stammtisch schon was aufgefallen.«

Kopfschüttelnd schaute ihre Tochter sie an. »Ich kann doch nicht so blind gewesen sein. Ich werde mal mit ihr sprechen.«

»Nein, das möchte ich nicht«, rief Klara aus. »Lass es gut sein.«

Nachdem eine Weile jeder in seine Gedanken versunken gewesen war, wechselten sie wieder auf einfache belanglose Themen und ließen den Abend harmonisch ausklingen. Schließlich erwartete Eliane und Timo morgen ein anstrengender Tag. Sie wollten das Café neu dekorieren. Der Arbeitsaufwand würde zwar nicht allzu groß werden, aber Eliane wollte die Gelegenheit nutzen und auch noch einige Deko-Gegenstände kaufen. Dabei konnte sie allerdings nicht mit der Hilfe ihres Mannes rechnen.

Rebecca

Rebecca saß nachdenklich auf der Couch im Wohnzimmer ihrer WG. Was hatte sie sich da nur eingebrockt? Klar, sie war seit langem zum ersten Mal wieder richtig glücklich gewesen, aber was war der Preis dafür? Dass sie ihre Freunde aufgeben musste? Nein, das konnte es nicht sein. Und was wäre dann? Matthias würde sie ihr ganzes Leben lang einengen. Wahrscheinlich könnte sie keinen Schritt mehr allein irgendwohin gehen. Rebecca hatte erst beim letzten gemeinsamen Spaziergang erkannt, dass er krankhaft eifersüchtig und sehr besitzergreifend war. Sie musste vor Liebe blind gewesen sein. Sie würde kein eigenes Leben mehr haben. Was sollte sie nur tun? Selbst die erste Verliebtheit hatte nach dem Schock dieser Erkenntnis schon nachgelassen, aber auf der anderen Seite wollte sie auch nicht ewig solo bleiben und es hatte alles so gut gepasst. Wie Rebecca ihr Problem auch drehte und wendete, es gab keine Lösung. Ich muss mit Eli sprechen, dachte sie, sprang auf, griff nach ihrer Handtasche und dem Haustürschlüssel, verließ eiligst die Wohnung und ging, man konnte es schon als rennen bezeichnen, Richtung „Café Früher", da sie wusste, dass Eliane heute am Ruhetag dort mit Timo zusammen das Café neu dekorieren wollte.

Rebecca trat ein und blieb staunend stehen. »Wow, das ist ja der Hammer«, rief sie aus, als sie sah, dass schon alles fertig war. Das kleine Antiquitätensofa mit Blumenmuster machte sich hervorragend vorne links in der Ecke. Dazu hatten die beiden einen kleinen dunklen, flachen, massiven Holztisch besorgt, auf dem gerade mal drei Tassen Kaffee und die dazugehörigen Teller Platz hatten. Zusätzlich gaben zwei um den Tisch platzierte Sitzwürfel das perfekte Bild ab.

Nun eilte Eliana auf ihre Freundin zu, schloss sie in die Arme und meinte: »Hey, was für eine Überraschung. Was machst du denn um diese Zeit hier? Und wie siehst du überhaupt aus?« Nachdenklich sah sie Rebecca an. »Du machst ein Gesicht wie zehn Tage Regenwetter. Ist was passiert?«

»Nein«, meinte die Freundin zögernd mit einem Blick auf Timo, der an der Bar lehnte.

»Habe schon verstanden«, entgegnete dieser.

»Ich muss sowieso noch was erledigen.« Er umarmte Rebecca, küsste seine Frau und verließ ohne weitere Worte das Café. Er hatte die Situation sofort richtig eingeschätzt. Nachdem die Freundinnen sich mit jeweils einem Milchkaffee auf das neue Sofa gesetzt hatten, hörte Eliane Rebecca aufmerksam zu, was diese zu erzählen hatte. Nach kurzem Schweigen äußerte sich Eliane nachdenklich: »Du weißt, wie sehr ich dir einen Partner wünsche und dass du glücklich bist, aber ich habe von Anfang an, als ich den Mann gesehen habe, kein gutes Gefühl gehabt. Tut mir leid, wenn ich dir das jetzt so sagen muss, aber es entspricht eben der Wahrheit.«

»Ja, und ich weiß, was du für eine gute Menschenkenntnis hast«, entgegnete Rebecca den Tränen nahe. »Ich weiß auch, dass du recht hast. Ich weiß aber auch, dass ich es nicht schaffen werde, mich von heute auf morgen von Matthias zu trennen und außerdem habe ich immer noch die Hoffnung, dass er sich ändert. Vielleicht werde ich noch einmal mit ihm sprechen«, sagte Rebecca kleinlaut. »Aber danke fürs Zuhören.« Sie umarmte ihre Freundin, erhob sich und verließ das Café. Deutlich spürte sie Elianes zweifelnden Blick in ihrem Nacken.

Robert

Nun hatte es Robert doch nach Italien verschlagen, aber er war vernünftig genug gewesen, nicht an den Gardasee zu fahren. Es hatte ihn in die Dolomiten gezogen. Nun saß er in einer gemütlichen Pizzeria am Hang, mit weitem Blick über Wiesen, Wälder und grasende Kühe und dachte nach. So ganz langsam kam sein innerer Friede zurück. Es war ihm klargeworden, dass er Tamara liebte und mit keiner anderen Frau zusammen sein wollte. Wann es dazu gekommen war, konnte er sich nicht erinnern. Es hatte sich langsam angebahnt und er glaubte zu wissen, dass es Tamara nicht anders erging, dass sie es sich nur nicht eingestehen wollte. Doch er konnte nichts tun, um die Situation zu ändern, außer beharrlich zu bleiben und zu versuchen, ihr das klarzumachen. Schließlich konnte er sie nicht zwingen, ihren Mann zu verlassen und mit ihm ein neues Leben zu beginnen, sondern konnte nur hoffen, dass sie irgendwann von alleine darauf kommen würde. Bis dahin hieß es einfach, sich in Geduld zu üben. Er würde, wenn sie nächste Woche wieder von ihrem Urlaub zurückgekommen war, noch einmal mit ihr sprechen und sie danach in Ruhe lassen, bis sie vernünftig werden würde. Bekräftigend nickte er und beschloss, noch ein paar Tage hier in den wunderschönen Dolomiten zu verbringen, sich abzulenken und etwas zu erholen. Robert winkte dem Kellner, damit er sein Mittagessen bezahlen konnte.

Anschließend machte er sich auf den Weg in Richtung Wald, um eine kleine Wanderung zu unternehmen.

Im Café

Heute an diesem wunderschönen Frühsommertag war es schon sehr heiß und das Café war bre-
chend voll. Eliane hatte alle Hände voll zu tun und
war froh, dass Saskia Breitenstein zu ihrer Unterstützung da war. Diese Frau war wirklich Gold
wert. Es sah so aus, als wäre sie gleichzeitig überall, wo sie gerade gebraucht wurde, so dass ihre
Chefin zwar ebenfalls genug zu tun hatte, aber es
nicht in Stress ausartete. Außerdem schien Saskia
die Ruhe selbst zu sein und machte alles mit solch

einer Gelassenheit und Freude, dass es einfach schön war, ihr dabei zuzuschauen. Aber im Moment hatte Eliane keine Zeit dazu, denn sie waren beide mehr als ausgelastet. Auch im Hof war jeder Tisch besetzt. Heute kamen noch mehr Gäste als sonst. Wahrscheinlich hatte es sich schon rumgesprochen, dass hier ein Ort mit Urlaubsfeeling entstanden war. Erst um 16:30 Uhr wurde es etwas ruhiger, so dass Eliane sich selbst einen Kaffee genehmigen konnte. Sie hatte Saskia auch einen angeboten, aber diese lehnte ab mit der Aussage, dass sie zum Kaffeetrinken einfach absolute Ruhe bräuchte und dabei auch gern ein Buch lesen würde. So konnte Eliane in Ruhe ihren Kaffee genießen und sogar ein Stück Kuchen dazu verzehren. Die wenigen Tische, die nun noch besetzt waren, wurden von ihrer Kollegin allein bewältigt. Plötzlich bemerkte sie, dass die junge Frau, die Anita hieß, wie sich Eliane erinnerte, und auf die Tamara so lange gewartet hatte, das Café betrat. Still und leise, wie es ihre Art war, begab sie sich an das Ende des Raumes, stutzte kurz, nachdem sie das neue Sofa bemerkt hatte, wählte dann aber den Tisch daneben. Eliane nickte Saskia kurz zu, um ihr zu verstehen zu geben, dass sie sich selbst um diesen Gast kümmern würde und eilte auf die junge Frau zu:»Hallo, schön Sie zu sehen. Wir haben sie schon vermisst.«

»Ja«, lächelte Anita. »Ich war ein paar Wochen in einer Rehaklinik. Das hat mir sehr gut getan. Jetzt geht es mir viel besser.«

»Das freut mich. Das muss ich Tamara berichten, sobald sie wieder vom Urlaub zurück ist.«

»Ah, ich habe sie schon vermisst. Wo ist sie denn?«

»Sie ist am Gardasee. Aber nachmittags ist Tamara ja sowieso selten hier.«

»Stimmt, sonst war ich fast immer morgens da.

Dann richten Sie ihr doch bitte ganz liebe Grüße aus, und ich werde nächste Woche mal wieder reinschauen.«

»Das mache ich, das wird sie freuen. Übrigens, gerne darf man sich auch dort hinsetzen, wenn es einem danach ist.« Eliane deutete auf die Sofaecke.

»Super«, strahlte Anita. »Das werde ich vielleicht bei Gelegenheit mal nutzen.«

Zufrieden lächelnd verschwand Eliane hinter der Theke, um den Milchkaffe für ihren Gast zuzubereiten und das gebrauchte Geschirr in die Spülmaschine zu räumen.

Gardasee

Tamara lag an dem kleinen Strand direkt am Hafen von Limone auf ihrer Strandmatte und hatte die Augen geschlossen. Neben ihr war Markus und zumindest sah es so aus, als würde auch er einen Mittagsschlaf halten. Tamara hatte keine Lust zum Reden, sie wollte in Ruhe ihre Gedanken sortieren. Es war nun schon Donnerstag, der Urlaub war fast vorüber und es hatte sich noch nichts verändert. Inzwischen hatte sie mit ihren Annäherungsversuchen aufgehört. Sie musste akzeptieren, dass ihr Mann einfach keine Lust auf sie hatte, was auch immer der Grund dafür war.

Vielleicht hat er ja doch eine andere, dachte sich Tamara. Dazu kam, dass sich ihre Gedanken ständig um Robert drehten.

Aber das kommt wahrscheinlich davon, dass Markus mich im Bett nicht mehr beachtet, sagte sie sich zu ihrer Entschuldigung. Mit dem Gedanken, sich ablenken zu müssen, sprang sie auf, lief zum Wasser und war mit einem Satz im See eingetaucht, um eine Runde zu schwimmen und den Kopf wieder frei zu bekommen.

Markus, der gerade in diesem Moment seine Augen wieder geöffnet hatte, schaute ihr hinterher. Er war verzweifelt. Was sollte er nur tun?

Er liebte seine Frau auf seine Art, aber er konnte so nicht weiterleben. Wie sollte er es ihr sagen? Er hatte keine Ahnung und musste es auf zu Hause verschieben. Er würde jetzt nicht im Urlaub noch vollends alles verderben. Nein, das durfte nicht passieren. Tamara brauchte ihre Erholung.

WG und Matthias

Rebecca hatte sich leichenblass auf den Stuhl der Esstischgruppe fallen lassen. Was war da gerade nur geschehen? Vorhin war doch die Welt noch einigermaßen in Ordnung gewesen? Matthias war gekommen, sie hatten sich begrüßt und zusammen aufs Sofa gesetzt und ein bisschen geschmust, bis sie dann vom Stammtisch angefangen hatte. Da war er wie wild aufgesprungen und hatte fast gebrüllt: »Du wirst doch da nicht schon wieder hinwollen?«

Und Rebecca hatte geantwortet: »Doch, das ist mir wichtig, aber du musst nicht mitgehen.«

»Kommt ja gar nicht in Frage.« Wütend stand er vor ihr.

Sie war dann aufgestanden, hatte einen Schritt auf ihn zugemacht, und er hatte sie richtig grob an den Schultern gepackt, anschließend beide Hände um ihren Hals gelegt und leicht zugedrückt.

Rebecca hatte Panik bekommen, einen Moment lang hatte sie geglaubt, dass ihr Freund sie wirklich erwürgen wollte. Nachdem sie sich aus seinem Griff befreit hatte, sagte sie zu ihm: »Weißt du, Matthias, so habe ich dich nicht kennengelernt und so stelle ich mir mein Leben auch nicht vor. Dann passen wir einfach nicht zusammen. Bitte gehe jetzt!«

Sie wusste nicht, was geschehen wäre, wenn in diesem Moment nicht Klaus zur Eingangstür hereingekommen wäre. Ihr Mitbewohner hatte zwar die Glastür zum gemeinsamen Wohnzimmer nicht geöffnet, aber es hatte genügt, dass jemand die Wohnung betreten hatte. Matthias war danach einfach verschwunden und hatte Rebecca zitternd zurückgelassen. Sie erschauderte jetzt noch bei dem Gedanken, wie aggressiv er geworden war. So hatte sie ihn bis jetzt noch nie erlebt. »Das war's dann wohl«, schluchzte sie leise auf, rollte sich auf dem Sofa zusammen und weinte eine ganze Weile vor sich hin. So wurde sie schließlich von ihrer Freundin Klara gefunden. Diese eilte entsetzt zu ihr, nahm sie in die Arme und fragte: »Was ist denn passiert? Erzähl, was ist los? Kann ich dir irgendwie helfen?«

Unter Tränen berichtete Rebecca, was geschehen war.

»So ein Idiot«, entfuhr es Klara. »Das ist ja das Allerletzte. Sei froh, dass du den los bist.«

»Ja, ich weiß, aber es tut so weh. Ich dachte, nun endlich den Mann fürs Leben gefunden zu haben, und nun das.«

»Da werden wir wohl noch eine Weile suchen müssen.« Klara nickte ihrer Freundin aufmunternd zu.

»Du hast recht, lieber keinen Freund, als ständig so ein Theater.« Rebecca begab sich ins Bad, um ihr verheultes Gesicht zu waschen. Als sie zurückkam, sagte sie: »Ich ruhe mich noch eine halbe Stunde in meinem Zimmer aus, und dann können wir zusammen zum Stammtisch gehen.«

»Ja, mach das.«

Nachdenklich blieb Klara im gemeinsamen Zimmer sitzen, als es plötzlich anklopfte und Klaus hereintrat. »Hey, was ist los? Ich habe vorhin streitende Stimmen gehört, aber ich denke, das warst nicht du. Oder?«

»Nein, du hast recht. Das war nicht ich, aber es ist gut gewesen, dass du gekommen bist. Das war genau der richtige Zeitpunkt. Setz dich doch!« Klara deutete auf das andere Ende des Sofas, auf dem sie saß.

Zögernd nahm Klaus Platz. Viel Privates hatte er gegenüber seinen Mitbewohnern bis jetzt noch nicht preisgegeben, aber er mochte Klara, deshalb kam er ihrer Aufforderung nach.

»Was ist passiert?«

»Ach, Rebecca hat sich von ihrem Freund getrennt, und ich glaube, du bist gerade im richtigen Moment gekommen. Es hätte sein können, dass er sonst gewalttätig geworden wäre.«

»Ach du liebe Zeit«, entfuhr es Klaus entsetzt. »Da bin ich aber froh.«

»Ich auch«, lächelte Klara ihn an. »Übrigens, Klaus, magst du nicht mal mit zu unserem Stammtisch kommen? Wir kennen uns jetzt schon eine ganze Weile und könnten uns doch ein bisschen besser kennenlernen. Dann würdest du auch endlich mal alle Freunde von uns sehen. Was meinst du?«

Sofort verschloss er sich wieder und erhob sich. »Nun, ja, heute passt es mir nicht, aber vielleicht ein anderes Mal.« Gedankenverloren ging er in Richtung seines Zimmers. So etwas konnte er im Moment nun echt nicht gebrauchen. Klara und Rebecca waren zwar sehr nett und ihre Freunde wahrscheinlich auch, aber er hatte schließlich genug um die Ohren mit seiner Ex-Freundin und dem Kampf um das gemeinsame Kind, das er nie sehen durfte. »Ich muss schauen, dass ich mein Mädchen endlich mal treffen darf, sonst werde ich verrückt«, murmelte Klaus vor sich hin.

Er machte noch einmal kehrt, öffnete die Tür des gemeinsamen Wohnzimmers, streckte seinen Kopf herein und sagte: »Sorry, aber ich habe im Moment ein paar Problemchen, die ich erst lösen muss. Ich werde bestimmt ein anderes Mal mit zum Stammtisch kommen.«

»Okay«, freute sich Klara. Nachdem er wieder in seinem Zimmer verschwunden war, dachte sie noch eine Weile über ihn nach. Eigentlich war er wirklich sehr sympathisch, aber auch sehr verschlossen. Ihr wurde bewusst, dass sie praktisch nichts über ihn wusste. Was der wohl für Leichen im Keller versteckt hatte? Sie mochte ihn wirklich sehr und hätte ihn gerne ein bisschen besser kennengelernt, nur so als Freunde natürlich, bekräftigte sich Klara.

Stammtisch

Und schon wieder war es Freitag und der inzwischen schon etwas klein gewordene Freundeskreis saß beim Stammtisch beisammen. Elianes Mutter fehlte noch. Diese hatte aber angekündigt zu kommen und jemanden mitzubringen.

»Was hat das jetzt wieder zu bedeuten«, äußerte sich Eliane etwas unwillig. »Ich kann im Moment überhaupt keinen Stress gebrauchen. Es ist so schon alles kompliziert genug.«

»Jetzt beruhige dich mal«, besänftigte Timo seine Frau. »Vielleicht bringt sie eine Freundin mit.«

»Vielleicht auch den Mann fürs Leben«, warf Klara ein.

»Jetzt mal nicht den Teufel an die Wand«, entgegnete Eliane erschrocken.

»Das war doch nur Spaß.«

»Auf solche Späße stehe ich gerade nicht.«

»Was ist denn los mit dir? Du bist doch sonst nicht so.«

»Ach, ich weiß auch nicht. Irgendwie habe ich ein ungutes Gefühl«, sagte sie entschuldigend und schaute zu Rebecca rüber. »Hallo Becca, bist du hier in dieser Welt?«

»Ja, entschuldigt. Ich bin heute keine gute Gesellschaft. Ich hätte zu Hause bleiben sollen.«

»Blödsinn«, fiel Eliane ihrer Freundin ins Wort. »Dazu sind wir doch da, dass wir uns gegenseitig trösten. Ich habe heute auch einen schlechten Tag.«

Timo legte den Arm um seine Frau und zog sie an sich. »Jetzt entspann dich mal, und lass uns den Abend genießen.«

In diesem Moment ging die Tür auf und Brigitte kam herein, im Schlepptau mit einem gutausse-henden Mann, so um die siebzig. Strahlend sagte sie: »Darf ich euch Hermann vorstellen? Er war meine große Liebe, besser gesagt, meine erste Liebe. Wir haben uns vor ein paar Wochen wieder getroffen und sofort erneut ineinander verliebt.«

Fassungslos starrte Eliane ihre Mutter an. Mit so etwas hatte sie nicht gerechnet. Auch Timo, Klara und Rebecca schauten den beiden überrascht und erwartungsvoll entgegen. Timo fasst sich als ers-ter. »Na, das ist ja schön. Dann setzt euch doch mal. Was darf ich euch zu trinken bringen?«

Nachdem er Hermann mit einem Bier und Brigitte mit einem Milchkaffee versorgt hatte, setzte er sich wieder an den Stammtisch und streichelte Eli-ane beruhigend über den Rücken. Aber diese hatte sich schon wieder im Griff, wenn sie auch an diesem Abend etwas wortkarg blieb.

Sie alle kannten Eliane und wussten, dass sie sich auch mit dieser Situation in Kürze anfreunden würde. Außerdem machte der große Mann mit seinem kurzen, sportlichen Haarschnitt einen sehr guten Eindruck, fand Timo. Den Gesichtern der anderen beiden nach zu urteilen, sahen die das genauso. Die Gruppe verabschiedete sich gegen Mitternacht, nachdem sie doch noch wider Erwarten einen entspannten Abend miteinander verlebt hatten. Beim Abschied hatte Brigitte ihrer Tochter noch ins Ohr geflüstert: »Nicht böse sein, ich konnte dir das vorher nicht erzählen, da ich mir erstmal selbst über meine Gefühle klarwerden musste.«

Eliane hatte ihre Mutter daraufhin fest an sich gedrückt und gesagt: »Ist ja schon gut. Ich verstehe das. Ich muss mich nur erst mit dem Gedanken anfreunden.«

Heimfahrt

Tamara und Markus befanden sich auf der Heimfahrt und waren gleich, noch direkt am Gardasee, im Stau gelandet.

»Wir hätten doch gestern Abend fahren sollen, wie ich es gesagt habe«, beschwerte sich Markus mürrisch.

»Ja, du hast recht gehabt«, musste Tamara zugeben. Aber sie war gestern so müde gewesen und hatte keinen Antrieb gehabt zu packen und auch keine Lust, so übermüdet ins Auto zu steigen. Nun würden sie wahrscheinlich einige Stunden länger brauchen, als auf der Herfahrt. Das war jetzt aber nicht mehr zu ändern. Sie versuchte ihren Mann abzulenken, indem sie ihn in ein Gespräch verwickelte: »Was meinst du? Wenn wir zu Hause sind, könnten wir eigentlich deinen Geschäftskollegen Anton mal zum Essen einladen. Der ist ja sehr nett.«

Aber irgendwie hatte das soeben Gesagte eher das Gegenteil bewirkt. Es hatte den Anschein, als ob sich das Gesicht von Markus noch mehr verfinsterte.

Dem kann man es heute aber auch gar nicht recht machen, schoss es Tamara in den Kopf, hörte dann aber erfreut, wie er sich doch noch dazu äußerte: »Na klar, das können wir gerne mal machen.«

»Super, warum nicht gleich morgen?«

»Das muss doch nicht gleich morgen sein«, erwiderte Markus gereizt.

»Ist ja schon gut. War doch nur eine Idee. Warum bist du denn so komisch? Eigentlich sollte man nach dem Urlaub erholt sein«, Nun war Tamara beleidigt. Die letzte Woche war nicht so gewesen, wie sie es sich vorgestellt hatte. Kein einziges Mal hatten sie miteinander geschlafen. Markus schob das weiterhin auf seine Überarbeitung, aber sie glaubte nicht mehr daran. Inzwischen war sie schon sehr verzweifelt, vor allem, weil auch ihre Gedanken immer öfter zu Robert wanderten. Das war ein Teufelskreis. »Und warum nicht morgen?« Tamara wollte nun auch nicht klein beigeben.

»Von mir aus auch morgen«, murmelte ihr Ehemann in seinen nicht vorhandenen Bart.

»Also, dann ruf ihn doch gleich an, wir haben schließlich eine Freisprechanlage.«

»Nein, jetzt hör doch mal mit deiner Hektik auf. Ich mache das heute Abend in Ruhe.« Mehr war von ihm jetzt nicht zu erwarten. Tamara schloss die Augen, seufzte tief. »Wenn ich dich beim Fahren ablösen soll, sag es einfach.«

In den nächsten Stunden wechselten die beiden kein Wort miteinander.

Neue Idee

Eliane bereitete in ihrer Küche „einen Hand gefil-
terten Kaffee" zu. Das war das erste Mal, dass sie
in ihrer Privatwohnung Kaffee kochte. Sie hatten
sonst immer erst im Café gefrühstückt oder das
Frühstück auch mal ganz ausfallen lassen. Timo
betrat den Raum und schaute verständnislos
drein. »Sind wir jetzt in die Steinzeit zurückgefal-
len oder was?«

»Nein, aber ich brauche jetzt im Moment sofort
einen Kaffee und da wir hier keinen Kaffeevollautomaten und auch sonst nichts dergleichen haben, bleibt mir nichts anderes übrig. Außerdem
schmeckt das so auch besser als mit einer norma-
len Kaffeemaschine. Wirst schon sehen, ist echt
lecker.«

Normalerweise waren die beiden auch sonntags
ins Café gegangen und hatten dort gefrühstückt.

»Okay, ich lasse mich überraschen«, meinte Timo
und verließ kopfschüttelnd die Küche. Später saßen sie zusammen am Esstisch. Timo musste zugeben, dass der Kaffee gigantisch schmeckte.

»Das können wir jetzt immer so machen, dann
sparen wir uns sonntags den Weg.«

»Na, ja, manchmal ist es ja auch schön in unserem
„Café Früher" zu zweit zu frühstücken. Wir können das ja nach Lust und Laune machen.

Übrigens, ich habe eine großartige Idee«, sprudelte es aus Eliane heraus.

Timo schlug die Hände vors Gesicht. »Nein, nicht schon wieder.«

Eliane versuchte einen beleidigten Gesichtsausdruck hinzubekommen, aber da sie selbst lachen musste, ging das nicht so einfach. Timo musterte seine Frau liebevoll. Er liebte sie gerade wegen ihrer Ideen so sehr. »Also, schieß los.«

Das ließ sich seine Frau nicht zweimal sagen. »Früher war ich nicht so, ich weiß. Aber ein bisschen färbt das Helfersyndrom von Tamara schon auf mich ab.«

»Nun erzähl schon«, blinzelte er ihr zu.

»Also, wir haben im Moment so viele Kunden, die Sorgen und Probleme haben.«

»Ach so, und die willst du lösen?«

»Nein, natürlich nicht. Jetzt lass mich doch endlich mal ausreden.«

»Okay.« Timo grinste vor sich hin.

»Also, und da Tamara auch nicht immer da ist und ich mich nicht so gerne in das Leben meiner Gäste einmischen möchte, habe ich mir gedacht, es wäre doch schön, einen sogenannten Stammtisch einzurichten.«

»Stammtisch?«

»Jetzt frag nicht so, lass mich doch einfach mal erzählen. Wir könnten zwei Tische zusammenstellen, damit wir einen Achtertisch haben. Der soll dann für Leute sein, die allein zu uns kommen. Dann kann man es ein bisschen so lenken und beeinflussen, indem andere Tische eben einfach besetzt oder reserviert sind, dass die Gäste, die gerade ein Problem haben, zusammensitzen müssen. Und wenn sie sich sympathisch sind, öffnen sie sich vielleicht gegenseitig und sprechen sich aus. Und somit wäre allen geholfen.«

Nachdem Timo Eliane erst eine Weile mit offenem Mund angestarrt hatte, klappte er ihn nun zu und sagte, dass er das gar nicht schlecht fände. »Damit macht man ja nichts kaputt.« Er freute sich, dass er nicht wieder in irgendwelchen Möbelgeschäften herumrennen musste. »Das ist eine gute Idee, das machen wir so.«

Freudig, wenn auch etwas überrascht, strahlte Eliane ihren Mann an. »Das wird Tamara gefallen.«

»Das glaube ich auch. Mit dir wird es einfach nicht langweilig.«

»Ich habe halt immer gute Ideen und wüsste auch jetzt, was wir gegen Langeweile tun könnten.« Verschmitzt schaute Eliane ihn an. Das ließ sich Timo nicht zweimal sagen.

Das Abendessen

Nachdem Tamara, obwohl sie noch müde von der Reise gewesen war, den ganzen Sonntag mit Vorbereitungen für das Abendessen verbracht hatte, saßen sie nun zusammen mit Anton im Essbereich ihres Hauses. Sie hatte das gerne gemacht, vor allem, um den Arbeitskollegen ihres Mannes besser kennenzulernen. Glücklicherweise hatten die beiden es noch geschafft, die benötigten Lebensmittel einzukaufen, da sie trotz Stau am frühen Samstagabend noch rechtzeitig in Pforzheim angekommen waren. Außerdem wollte sie Markus eine Freude damit machen. Aber nun saßen sie da, und es herrschte eine unangenehme Stille. Nachdem Tamara bis jetzt die Unterhaltung mit Anton so ziemlich allein geführt hatte, wusste sie nun nicht mehr, was sie sagen sollte. Ihr Ehemann war mürrisch. So kannte sie ihn gar nicht. Nun unterbrach Anton die Stille: »Ich habe mich wirklich sehr über die Einladung gefreut, wo ihr doch gerade erst vom Urlaub zurückgekommen seid. Wie war es denn? Habt ihr angenehme Tage verbracht?«

Sie hatten sich inzwischen auf das „du" geeinigt. Nachdem Markus schon wieder stumm blieb, berichtete Tamara: »Ja, also, es war wunderschön.

Ich gehe gerne dorthin. Wir haben uns richtig entspannen können. Stimmt's Markus?«, fragte sie ihren Mann mit ironischer Stimme.

»Was? Ja, ach so, natürlich, es war ein toller Urlaub.«

»Na gut«, lächelte Anton seinen Kollegen an. »Dann bist du ja nächste Woche voll erholt und kannst dich in die Arbeit stürzen.«

»Ich denke, dass das klappt.« Markus blieb aber auch weiterhin wortkarg, so dass Anton sich relativ schnell nach dem Essen erhob und verabschiedete. »Ich habe heute Abend noch was vorzubereiten. Tut mir leid, aber ich muss jetzt gehen. Vielen Dank für die Einladung, es hat super geschmeckt. Du hast dir so viel Mühe gemacht, Tamara. Es hat mich sehr gefreut, dass ich den Abend mit euch verbringen durfte.«

Nachdem Anton das Haus verlassen hatte, murmelte Markus vor sich hin: »Ich gehe dann mal schlafen, ich bin heute hundemüde.«

Ziemlich verblüfft schaute Tamara ihrem Mann hinterher, während er sich nach oben begab, um anschließend frustriert ihren Geschirrberg in der Küche anzustarren. »Nun, das war jetzt heute eben nicht ganz so toll gewesen«, murmelte sie vor sich hin und fing an die Unordnung aufzuräumen.

Im Café

An diesem Montagmorgen war Eliane etwas ungeduldig. Sie brannte darauf Tamara von ihrer neuen Idee zu erzählen. Heute war deren erster Arbeitstag. Sie würde, wie gewohnt, um 13 Uhr kommen. Eliane konnte es kaum erwarten, sie nach einer Woche wieder zu sehen. Ihre Ungeduld an diesem Vormittag ließ sie sich natürlich bei ihrer Kundschaft nicht anmerken und war freundlich wie immer. Eliane stand gerade hinter der Bar und genehmigte sich selbst einen Kaffee, als Tamara hereingestürmt kam, auf ihre Freundin zueilte und diese heftig umarmte.

»Endlich bist du wieder da. Ich habe dir so viel zu erzählen. Wie geht es dir? Du siehst nicht so glücklich aus.«

»Nun, das ist eine andere Geschichte. Vielleicht sollten wir wirklich mal in Ruhe miteinander sprechen, vielleicht morgen«, unterbrach Tamara den Redeschwall ihrer Freundin.

»Das ist eine gute Idee. Soll ich Klara und Rebecca fragen, ob sie auch Zeit haben?«

Nach kurzer Überlegung nickte Tamara.

»Vielleicht sollten wir das wirklich tun, man sollte sich unter Freundinnen aussprechen, wenn man Probleme hat. Und die habe ich im Moment wirklich. Du hast recht, lass uns das machen.«

Da es heute Mittag ruhig war, konnten die beiden sich an einen Tisch setzen und wollten gerade anfangen, sich zu unterhalten, als die Seitentür aufging und Robert das Café betrat. Er hatte sich schon am Wochenende bei Eliane zurückgemeldet. Tamara sprang auf, eilte ihm entgegen und fiel ihm um den Hals. Eliane blickte überrascht auf und konnte ihren Augen nicht trauen. Auch Robert sah ziemlich verblüfft aus und drückte Tamara freudig an sich. Als ob diese sich aber plötzlich eines anderen besonnen hätte, ließ sie ihn abrupt wieder stehen und ging zum Tisch zurück. Robert folgte ihr und setzte sich dazu. Es wurde ein belangloses Gespräch zu dritt geführt, jeder erzählte ein bisschen von den letzten Tagen. Robert war immer noch sehr erstaunt. Mit so einer Begrüßung hatte er nun wirklich nicht gerechnet. Er bemerkte, dass Tamara etwas blass aussah und in sich gekehrt wirkte. Nach kurzer Zeit erhob er sich und sagte an Eliane gewandt: »Ich muss dann mal gehen. Connie wartet.«

Er hatte ihr am Telefon erzählt, dass seine Cousine nach Pforzheim gezogen war - sie hatte bisher in Bonn gewohnt - und er sich etwas um sie kümmern müsse. Aber das konnte Tamara ja nicht wissen und der Schrecken durchfuhr sie eiskalt. Es war ihr klar, dass Robert inzwischen eine Freundin haben musste, denn den Namen hatte sie zuvor noch nie gehört. Sie ließ sich von ihm rechts und links ein Küsschen auf die Wange geben, reagierte aber nicht sonderlich darauf. Nachdem er das Café verlassen hatte, starrte Tamara noch eine Weile vor sich hin, bis Eliane sich bemerkbar machte. »Hey, Tami. Was ist los? Ist dir nicht gut?«

»Tatsächlich ist mir heute etwas schwindelig. Muss wohl von der anstrengenden Heimfahrt sein. Wir waren sehr lange im Stau.«

»Schaffst du das denn heute oder soll ich lieber dableiben?«

»Nein, das geht schon in Ordnung. Wir sind ja jetzt sowieso noch eine Stunde zusammen hier. Im Moment ist es auch nicht gerade voll.«

Kaum hatte sie ausgesprochen, ging die Tür auf und es kamen gleich acht Personen auf einmal herein. Stirnrunzelnd schaute Eliane ihre Freundin an und sagte leise im Befehlston: »Jetzt setz dich erst einmal in den Nebenraum. Ich kümmere mich um die Gäste.«

Gehorsam, und wie betäubt, schlich Tamara sich in den kleinen Raum. Das konnte jetzt nicht wahr sein. Sie meinte damit nicht, dass Robert vielleicht mit jemand liiert war, aber ihre Reaktion darauf gefiel ihr nicht. Sie würde noch verrückt werden. Was sollte das alles nur werden? Nichts ist so gelaufen im Urlaub, wie sie es sich vorgestellt hatte.

Das wäre nicht so tragisch, wenn sie sich nicht so langsam doch ihre Gefühle für Robert eingestehen müsste. Was sollte sie nur tun? Tief in ihre Gedanken versunken, wurde sie schließlich von ihrer Freundin gefunden, als diese den Raum betrat. Erschrocken sprang Tamara auf. »Ich komme, es geht mir wieder gut.«

Ablenkung ist die beste Medizin, dachte sie sich. Auf jeden Fall würde sie diese Woche noch ein ernstes Gespräch mit Markus führen müssen, denn so ging es nicht weiter.

Durch die Arbeit wurde Tamara schnell von ihren Problemen abgelenkt. Nachdem sich Eliane davon überzeugt hatte, dass es ihrer Freundin wieder besserging, war sie nach Hause gegangen.

So sehr es sie auch gedrängt hatte, ihre Idee loszuwerden, hatte sie doch eingesehen, dass das jetzt keinen Sinn machte und hatte es auf morgen verschoben. Sie würden sich morgen am Ruhetag sowieso alle zusammen im Café treffen.

So wenig vorhin auch los gewesen war, jetzt füllte sich das Café immer mehr, und Tamara hatte alle Hände voll zu tun. Sie sah keinen anderen Ausweg, als bei ihrer Chefin anzurufen und um Hilfe zu bitten, vor allem, wenn es so weitergehen würde und immer mehr Gäste kommen sollten. Saskia hatte sich heute Nachmittag freigenommen, da sie einen wichtigen Termin hatte. Tamara runzelte die Stirn, wenn sie an die junge, hübsche Frau dachte. Ein Stich der Eifersucht durchfuhr sie jedes Mal, wenn sie an die Blicke dachte, mit denen ihre Kollegin Robert angeschaut hatte, als dieser im Café gewesen war. Aber das hatte sich ja nun erledigt, weil der, so wie es aussah, eine Freundin hatte.

Tamara zweifelte keinen Moment daran, dass es sich bei dieser „Conni" um seine Freundin handelte, da Robert sich nie mehr offiziell mit einer Frau getroffen hatte, nachdem er mit Eliane liiert gewesen war. Allerdings war da eine gewisse Genugtuung, dass die schöne Saskia dann eben auch keine Chance bei ihm hatte. Während sie noch überlegte, öffnete sich die Tür und die Frau, die sie schon lange nicht mehr gesehen und auf die sie schon gewartet hatte, betrat das Café.

Cornelia war ebenfalls ein Sorgenkind von ihr. Sie hatte ein geschwollenes blaues Auge, was Tamara daran erinnerte, dass sie ihr erzählt hatte, ihr Mann würde sie immer schlagen, wenn er betrunken war. Stirnrunzelnd ging sie auf Cornelia zu. »Hallo, Conny, das gefällt mir aber gar nicht, wie du aussiehst. Komm, setz dich hier hin.« Sie deutete auf den ersten Tisch nahe der Tür. »Ich komme gleich zu dir.«

Erschrocken fragte die Frau: »Sieht man das denn so? Ich habe es doch gut überschminkt.«

»Na, ja«, sagte Tamara vorsichtig. »Ich weiß ja Bescheid. Vielleicht hätte ich es sonst nicht sofort
bemerkt.«

Obwohl das nicht ganz der Wahrheit entsprach,
denn man sah es schon deutlich. Nachdem sie die
Sonnenbrille abgesetzt hatte, konnte man es
nicht mit Schatten unter den Augen verwechseln.
Tamara blieb angesichts des zunehmenden Be-
triebs im Café nun tatsächlich nichts anderes übrig, als bei Eliane anzurufen. Diese wiederum erreichte zum Glück Rebecca, die heute Zeit hatte
und sofort vorbeikam, um Tamara zu helfen. Es
war inzwischen eine Stunde vergangen und Cornelia wollte gehen. Tamara konnte sie gerade
noch aufhalten und bat sie, sich wieder hinzuset-
zen, um sich noch kurz mit ihr unterhalten zu können. »Hat er dich wieder geschlagen? So geht das
nicht, du musst was unternehmen. Er muss eine
Therapie machen. Sonst verletzt er dich mal ernst-
haft. Du solltest ihn verlassen. Vielleicht kommt er
dann zur Besinnung.«

»Ja, ich weiß, aber ich schaffe es einfach nicht«,
murmelte Cornelia vor sich hin. »Ich muss jetzt
gehen«, sagte sie auf einmal kurz angebunden,
denn sie bereute es schon, sich Tamara anvertraut zu haben. Vor ein paar Wochen, in einer
schwachen Stunde hatte Cornelia sich bei ihr aus-
geweint, da sie sonst kaum Freundinnen besaß

und Tamara so einfühlsam gewesen war. Die ließ sie nun allerdings einfach nicht mehr in Ruhe, dabei wollte sie doch nur einen Kaffee trinken.

Als Cornelia gegangen war, überlegte sich Tamara mal wieder, wie so oft, wie klein doch ihre eigenen Probleme waren und nahm sich erneut vor, in den nächsten Tagen ausführlich mit Markus zu sprechen. Diese Schwierigkeiten mussten doch zu klären sein.

Freundinnen

Wie verabredet saßen die Freundinnen im Café zusammen. Da heute Ruhetag war, konnten sie sich endlich mal wieder austauschen und über ihre Probleme sprechen. Vor allem ging es ihnen dabei um Tamara, weil diese in den letzten Wochen immer schweigsamer geworden war. In sich gekehrt saß sie auch jetzt auf ihrem Stuhl.

Irgendwie konnte sie sich nicht aufraffen von ihren Problemen zu erzählen. Es drängte sie allerdings niemand. Alle hörten gerade begeistert Eliane zu, die von ihrer neuen Idee berichtete. Sie sagte gerade: »Ja, und wenn wir dann hier im Café zwei Tische zusammenstellen, haben acht Personen Platz. Dort dürfen sich dann nur einzelne Personen hinsetzen, die allein sind. So kommen sich doch vielleicht Menschen näher, die einsam sind oder Probleme haben, und können sich austauschen. Was meint ihr dazu?« Fragend schaute sie in die Runde.

»Das ist super«, pflichteten Klara und Rebecca ihrer Freundin bei. Auch Tamara nickte überzeugt.

»Aber wie möchtest du das machen, dass sich keine anderen Leute dorthin setzen«, fragte Rebecca. Nachdenklich schaute Eliane die anderen an, bis sie sich schließlich räusperte: »Wir stellen einfach ein Schild auf den Tisch, dass reserviert ist. Wenn dann eine einzelne Person ins Café kommt, fragen wir, ob sie sich an unseren „Stammtisch" setzen möchte.«

So ganz gab sich Rebecca aber damit noch nicht zufrieden. »Du spinnst.« Und alle prusteten los und schütteten sich aus vor Lachen.

»Ich denke«, mischte sich nun Klara ein, »das wird sich alles ergeben. Aber ich finde die Idee sehr gut. Sehen wir einfach, wie alles so anläuft.«

»Gut, lasst uns an die Arbeit gehen und die Tische zusammenschieben. Dann sehen wir gleich wie es aussieht und ich kann mich um die Deko kümmern. Das ist gleich erledigt und wir können anschließend darauf anstoßen.« Entschlossen erhob sich Eliane.

»Okay, das ist eine super Idee.« Das war die einhellige Meinung und in bester Laune setzten sie ihr Vorhaben in die Tat um. So kam Tamara tatsächlich drumherum, über ihre Probleme diskutieren zu müssen. Das war ihr ganz recht. Sie war heute nicht in der Verfassung dafür. Als sie gerade gehen wollte, rief Eliane ihr noch hinterher: »Hey Tami, wir wollten doch noch miteinander reden.«

»Ach, das können wir auch ein anderes Mal«, erwiderte sie zurückhaltend. Nachdenklich schaute Eliane ihre Freundin an. »Was meinst du denn dazu, wenn wir diese Woche mal alle zusammen in unsere Tapas-Bar nach Karlsruhe gehen?«

Über Tamaras Gesicht breitete sich ein Leuchten aus. »Das wäre echt großartig und wir können in Ruhe über alles sprechen. Was meint ihr?« Sie drehte sich zu den anderen beiden um.

»Na klar, gar keine Frage. Nur wann? Am Donnerstag kann ich nicht«, warf Rebecca ein. Und am Freitag haben wir Stammtisch.«

»Der ist sowieso in den letzten Wochen verkümmert«, meinte Eliane nachdenklich. »Den können wir auch mal ausfallen lassen.«

»Okay, nickte Klara zustimmend. »Dann machen wir das doch. Gönnen wir uns mal was und gehen am Freitag ‚On tour'.«

»Juhu.« Rebecca machte einen Freudenhüpfer und auf einmal war die Runde extrem fröhlich. »Wenn der Rest hier Stammtisch machen möchte, die können sich ja gerne treffen und vielleicht kommen wir später noch dazu«, meinte Eliane augenzwinkernd.

Sorgenkinder

Es war Mittwochmittag und Schichtwechsel. Tamara hatte wie gewohnt eine Stunde mit Eliane zusammen die Gäste bedient und tauschte sich noch kurz mit ihrer Chefin aus, bevor diese nach Hause gehen würde. »Und, wie kommt unser Stammtisch an? War dort schon jemand gesessen?«

»Nein, aber ich denke, dass das eher nachmittags der Fall sein wird. Du kannst mir heute Abend telefonisch berichten, wie es gelaufen ist.« Eliane lächelte ihre Freundin an. Da ging auch schon die Tür auf und Anita, die junge Frau, die Multiple Sklerose hatte und auf die Tamara schon so lange gewartet hatte, kam zur Tür herein. Im Moment war es tatsächlich so, dass die meisten anderen Tische besetzt waren. Es hätte zwar noch zwei freie Tische gegeben, aber Tamara schaffte es, nach einer freudigen Begrüßung, die junge Frau an den neuen Stammtisch zu lotsen.

Während Eliane es übernahm, den Kaffee für sie zuzubereiten, setzte sich Tamara zu ihrem Gast und erklärte ihr den Sinn des Tisches.

Anita schien begeistert zu sein. Sie erzählte von ihrer Reha, wie gut ihr die bekommen sei und vor allem, dass sie, als sie nach Hause kam, so sehnsüchtig von ihrem Freund empfangen worden war

und dass sie da wohl tatsächlich etwas missver-
standen hatte, als sie dachte, dass dieser sie wegen ihrer Krankheit verlassen wollte. »Weißt du«,
erklärte Anita. »Ich war so verbohrt in den Gedanken, was er mit einer kranken Frau auf Dauer anfangen sollte, dass ich gar nicht auf die Idee gekommen bin, dass er mich einfach liebt, so wie ich
bin. Er hat nie gesagt, dass er nicht mit mir zusammenleben will. Er hat mal gesagt, dass es mit mir
zurzeit schwierig sei, weil ich so schlecht drauf
war und er auf Dauer sein Leben so nicht verbringen wollte. Ich habe das falsch interpretiert, aber
nun ist alles geklärt, und mir geht es echt gut«,
strahlte sie.

»Das freut mich sehr. Jetzt muss ich arbeiten, damit Eliane nach Hause gehen kann.«

Tamara erhob sich. »Möchtest du ein Stück Käsekuchen oder lieber noch was zu Mittag essen?«

»So richtig Hunger habe ich nicht, ich denke, ich
nehme den Käsekuchen.«

»Okay, super.« Tamara eilte hinter die Theke und
rief ihrer Chefin zu: »Mach, dass du nach Hause
kommst. Du hast sicher noch was anderes zu
tun.« Diese nickte dankbar und verschwand.

Anita hatte gerade ihren Kuchen gegessen, als die
Tür aufging und Marianne, die wahrscheinlich ein
krankes Kind erwartete, hereinkam. Inzwischen
waren drei andere Tische frei. Nun musste sich

Tamara etwas einfallen lassen. »Hallo«, begrüßte sie die Frau. »Schön dich zu sehen. Schau mal, du kannst dich hier an unseren neuen Stammtisch der besonderen Art setzen.«

»Stammtisch der besonderen Art?«, fragte Marianne verständnislos. »Was ist das denn?«

»Das ist so ein Stammtisch, gedacht für einzelne Gäste, die vielleicht nicht alleine sitzen wollen. Außerdem sind die anderen Tische reserviert.

»Okay«, sagte Marianne etwas gedehnt und nickte, setzte sich aber ans andere Ende des zusammengestellten Tisches.

Enttäuscht wandte sich Tamara ab und murmelte vor sich hin: »Das war dann wohl nichts.«

Aber es war keine halbe Stunde vergangen, Marianne hatte schon den zweiten Kaffee bestellt, da waren die beiden immer näher zusammengerückt und inzwischen in ein Gespräch vertieft.

Erfreut lächelte Tamara vor sich hin und dachte, was für eine wunderbare Idee Eliane da doch gehabt hatte. Der Nachmittag war so angenehm verlaufen, dass sie heute zum ersten Mal nach langer Zeit relativ entspannt nach Hause gehen konnte.

Sie hatte mitbekommen, als sie an dem „Stammtisch" vorbeigelaufen war, um die anderen Gäste zu bedienen, dass sich auch bei Marianne alles zum Guten gewendet hatte. Diese hatte ihren

Mann vor die Wahl gestellt, entweder zu akzeptieren, dass sie das Kind bekommen würde oder er verschwinden solle. Daraufhin hatte er seine Frau in den Arm genommen und sich tausendmal entschuldigt. Er hatte gemeint, dass er nur völlig überrumpelt gewesen sei und dass er im Ernstfall niemals zugestimmt hätte, das Kind abzutreiben. So ganz konnte Marianne ihm das nicht abnehmen, aber sie war doch froh, dass er sich noch im letzten Moment besonnen hatte.

Bei dem kurzen Spaziergang auf dem Nachhauseweg überlegte Tamara, dass sich bestimmt auch bei ihr bald alles regeln würde. »Es wird kommen, wie es kommt. Ich kann es nicht ändern, aber ich will wissen, was los ist. Heute wird Markus zwar nicht da sein, doch morgen Abend werde ich mit ihm sprechen«, führte sie leise ihr Selbstgespräch. Voller Elan schloss sie ihre Tür auf und fing an, das Haus zu putzen, da sie nun Ruhe hatte und sich auch relativ fit fühlte. So hätte sie morgen Abend dann wirklich Zeit mit ihrem Mann zu sprechen.

Der Notfall

Heute Nachmittag hatte Tamara alle Hände voll zu tun im Café. Sie hastete von einem Tisch zum nächsten, als sie dann kurz zum Verschnaufen in dem kleinen Aufenthaltsraum verschwand und dort ihr Handy piepsen hörte.

Normalerweise schaute sie während der Arbeitszeit nicht nach, ob eine Nachricht eingetroffen war, aber irgendwie hatte sie das Gefühl, es könnte sehr wichtig sein. Nachdem Tamara die Nachricht geöffnet hatte, erstarrte sie. Vor ein paar Wochen hatte sie sich mit einer jungen Frau angefreundet, die, wie sie dachte, keine Probleme zu haben schien. Die beiden hatten sich gut unterhalten und waren auch mal zusammen ein Eis essen gewesen. Tamara fand diese Frau, die ein paar Jahre jünger als sie selbst war, sehr sympathisch, und da sie außer ihren besten Freundinnen kaum jemanden hatte, mit dem sie etwas unternehmen konnte, wenn ihr Mann auf Geschäftsreisen war, war sie über diese neue Bekanntschaft sehr erfreut. Nun hatte sie aber in den letzten Wochen von Gabriele nichts gehört und sie schon fast vergessen. Allerdings hatte sie vor einigen Tagen einige Male daran gedacht, bei Gabriele vorbeizuschauen, da diese nur ein paar Straßen entfernt wohnte. Und nun kam diese Nachricht: „Liebe

Tami, ich möchte dir nur sagen, dass du eine tolle Frau bist. Ich komme mit meinem Leben einfach nicht mehr klar und werde mich davon verabschieden. Mach´s gut!"

Verzweifelt versuchte Tamara Gabriele anzurufen. Leider meldete sich nur der Anrufbeantworter. Was sollte sie nur tun? Sie konnte doch jetzt nicht so einfach ihren Arbeitsplatz verlassen, aber diese Situation hatte natürlich Priorität eins. Kurzentschlossen eilte sie zur Seitentür des Cafés hinaus und rannte durchs Treppenhaus nach oben. Bei Roberts Wohnungstür angekommen, klingelte sie Sturm. Robert riss erschrocken die Tür auf.

»Um Himmels willen, was ist los?«

»Du musst kurz ins Café kommen und dich um die Gäste kümmern«, stammelte Tamara außer sich. »Ich muss fort. Es ist ein Notfall. Bitte frag nicht lang. Geh einfach runter. Ich komme gleich wieder.«

»In Ordnung«, antwortete Robert, indem er sich seine nassen Haare - er war gerade aus der Dusche gekommen - abrubbelte und auch sogleich, nachdem er sich vollständig angezogen hatte, die Wohnung verließ, um unten nach dem Rechten zu schauen. Tamara stürzte davon und kam keine fünf Minuten später an dem Haus an, in dem ihre Freundin eine Wohnung gemietet hatte. Dort angekommen klingelte sie Sturm, aber nichts rührte sich. Nun blieb ihr keine Wahl mehr. Sie rief die Polizei an.

Zehn Minuten später traf diese mitsamt der Feuerwehr und einem Rettungswagen vor Ort ein.

Da weiterhin niemand die Tür öffnete, machten sich die Feuerwehrmänner nun an die Arbeit und brachen die Tür auf. Was sie vorfanden, war eine junge Frau, die ihnen in der Diele, durch den Lärm aufgeschreckt, entgegenkam.

»Was ist los?« stammelte Gabriele entsetzt. Als sie aber ihre Freundin sah, wurde ihr so einiges klar, und sie schrie hysterisch: »Was hast du getan? Du hast kein Recht, dich in mein Leben einzumischen. Verschwinde!«

Tamara zog sich zurück, nachdem sie mit einem der Polizeibeamten gesprochen hatte. Sie hatte ihre Adresse hinterlassen und ebenfalls mitgeteilt, dass sie heute Nachmittag im „Café Früher" zu finden sei.

Anschließend ging sie mit hängenden Schultern zurück zu ihrem Arbeitsplatz. Als Robert Tamara leichenblass ankommen sah, ging er nach draußen und schleuste sie durch die Seitentür direkt in den Nebenraum. Dort nahm er sie in die Arme und meinte: »Jetzt erzähl erst einmal. Was ist los?«

Nachdem Tamara ihm alles berichtet hatte, nahm er ihr Gesicht in seine Hände und sah ihr in die Augen.

»Du hast alles richtig gemacht. Mach dir keine Vorwürfe. Die hättest du dir machen können, wenn du nichts unternommen hättest und es schiefgegangen wäre.«

Tamara fiel Robert schluchzend um den Hals. Nachdem sie sich etwas beruhigt hatte, hob sie den Kopf und sah ihm tief und verzweifelt in die Augen. Dieser konnte nicht anders, er näherte sein Gesicht dem ihren, presste seine Lippen fest auf ihren Mund und küsste sie leidenschaftlich. Tamara war zunächst stocksteif, öffnete dann plötzlich ihre Lippen und erwiderte den Kuss. Voller Verlangen drückte sie sich fest an ihn und spürte seine Erregung. Als ihr klar wurde, was da gerade geschah, löste sie sich aus der Umarmung, wich zurück und flüsterte entsetzt: »Nein, das darf nicht sein«, und flüchtete in die kleine Toilette, die man vom Aufenthaltsraum aus betreten konnte und die nur für das Personal zugängig war. Sie stürzte zu dem kleinen Waschbecken, blickte in den Spiegel und erschrak fürchterlich, über ihr Aussehen. Nach kurzem Zögern schüttete Tamara sich eine Handvoll kaltes Wasser ins Gesicht und versuchte, ihre Frisur und ihr Aussehen soweit herzurichten, dass sie die Gäste wieder bedienen konnte. Wie ein Roboter brachte sie die nächsten zwei Stunden hinter sich, um dann endlich nach Hause gehen zu können. Nachdem sie sich entschlossen hatte, trotz allem heute zu versuchen, mit Markus zu sprechen, ging es ihr ein kleines bisschen besser.

Tamara

Nachdem Tamara die Tür aufgeschlossen und das Haus betreten hatte, stürmte Markus ihr schon entgegen. »Hallo Schatz, ich muss leider gleich noch mal weg.«

»Was? Donnerstags bist du doch normalerweise zu Hause«, äußerte sich Tamara zögernd.

»Ja«, kam die Antwort etwas gedehnt, aber heute haben wir ein Firmentreffen. Außerplanmäßig.«

»Mist! Es wäre wirklich wichtig. Ich muss mit dir sprechen. Dringend!«

»Lass uns das doch morgen besprechen.« Er legte den Arm um seine Frau, aber diese wand sich aus der Umarmung.

»Hey Schatz, was ist los?«

»Du weißt genau, dass morgen Stammtisch wäre, aber...«

»Gut, dann eben übermorgen.«

Seufzend drehte sich Tamara weg. »Dann eben am Wochenende.«

Aber das hörte ihr Mann schon nicht mehr. Er hatte bereits das Haus verlassen. Erschöpft ließ sie sich auf den Küchenstuhl sinken und schlug die Hände vors Gesicht. Das darf doch alles nicht wahr sein. In diesem Moment sehnte sie sich mehr denn je nach Robert. Sollte sie vielleicht zu ihm gehen und sich von ihm trösten lassen? Das wäre ja nun wirklich nicht schlimm. Sich einfach mal mit jemandem aussprechen. Und warum nicht mit Robert? Ihre Freundinnen hatten heute alle irgendetwas vor, soweit sie sich erinnerte. Ja, genau. Sie würde einfach einen kleinen Spaziergang machen und schauen, ob er zuhause war. Fünfzehn Minuten später stand Tamara mit klopfendem Herzen vor seiner Haustüre und drückte aufgeregt auf den Klingelknopf. Sie hörte das Blut in ihren Ohren rauschen und ihren Puls schlagen und meinte gleich in Ohnmacht zu fallen. Was tat sie hier überhaupt? Aber nichts geschah. Er schien überhaupt nicht da zu sein.

Zwischen Erleichterung und Enttäuschung schwankend, trat Tamara den Heimweg an. Wenigstens hatte sich Ihr Herzschlag wieder beruhigt.

Daheim angekommen ließ sie die Badewanne volllaufen, in der Hoffnung, sich bei einem Bad entspannen zu können. Eigentlich war sie im Nachhinein erleichtert, dass Robert nicht dagewesen war.

Morgen würde sie erstmal den Abend mit ihren Freundinnen genießen und hoffen, dass es dann am Samstag mit einer Aussprache klappen würde. Dieses Mal durfte sie aber nicht lockerlassen. Markus musste ihr eine Erklärung geben. Irgendetwas stimmte nicht. Entweder er redete mit ihr oder sie würde diese Ehe unter den gegebenen Umständen nicht mehr fortsetzen. Sie wollte endlich wissen, was da los war. Nach diesem Entschluss ging es Tamara etwas besser.

Tamara war gerade dabei, draußen auf der Terrasse zu bedienen, als Saskia an der Tür erschien und rief: »Tami, kommst du mal bitte. Da möchte dich jemand sprechen.«

Überrascht folgte Tamara ihrer Kollegin und sah an der Bar Gabriele stehen, die junge Frau, die sich das Leben nehmen wollte. Etwas unsicher eilte diese auf sie zu. »Hallo.«

Bevor Tamara etwas erwidern konnte, brach es schon aus ihr heraus: »Es tut mir furchtbar leid, wie ich mich benommen habe.«

Tamara ergriff lächelnd ihren Arm. »Komm mit, wir gehen nach hinten in den Privatraum.«

Dort angekommen ließen sich die beiden auf dem kleinen Sofa nieder und Gabriele begann von Neuem: »Es war dumm von mir, dir sowas zu schreiben, aber ich war so verzweifelt. Und noch blöder war es, wie ich mich benommen habe, nachdem du dort mit den Sanitätern, Polizisten und Feuerwehrmännern erschienen bist. Ich weiß jetzt, wo ich wieder klar denken kann, dass du das nur aus Sorge getan hast. Ich möchte mich dafür entschuldigen und hoffe, du kannst mir meinen Auftritt verzeihen.«

»Aber ja, natürlich. Ich bin froh, dass du mir nicht böse bist. Ein bisschen hatte ich auch ein schlechtes Gewissen, obwohl ich ja keine andere Wahl gehabt habe, denn wenn dir was passiert wäre,

wäre ich meines Lebens nicht mehr froh geworden. Aber jetzt erzähl mal. Was hast du denn für
Sorgen?«

»Das ist alles sehr kompliziert. Seit Monaten
merke ich, wie sich bei mir was verändert. Kurz
und gut, ich habe mich in eine Freundin verliebt.«
Überrascht sah Tamara Gabriele an. »Ach so, aber
das ist doch kein Weltuntergang.«

»Für mich war es das schon.
Erstens habe ich mich monatelang dagegen ge-
wehrt und die Erkenntnis, dass ich für Männer
nichts empfinden kann, erstmal verarbeiten müssen. Ich kann das meiner Freundin auch nicht erzählen. Wir sind schon seit Jahren befreundet und
ich denke, sie würde das wahrscheinlich nicht verstehen, da sie ganz normal ist.«

»Was ist denn schon normal?«, wollte Tamara
wissen.

»Ich meinte, dass sie einen festen Freund hat. Auf
jeden Fall bin ich deshalb in eine tiefe Depression
gefallen. Jetzt geht es mir aber wieder gut«, fügte
Gabriele noch hinzu. »Ich weiß, dass ich zu der Sache stehen muss und sich alles andere zeigen
wird.«

»Es freut mich, dass es dir wieder bessergeht. Ich
finde auch, dass du zu deinen Gefühlen stehen
solltest. Ich bin mir sicher, du wirst deinen Weg
gehen.« Tamara stand auf, da sie wusste, dass sie

Saskia draußen helfen musste, weil heute so viel los war. Deshalb zog sie die junge Frau zu sich, umarmte sie und sagte: »Ich wünsche dir alles Gute und hoffe, dass wir uns bald wiedersehen und wir dann ein bisschen mehr Zeit zum Quatschen haben werden.«

»Das wäre schön, ich komme auf jeden Fall bald mal wieder auf einen Kaffee vorbei.« Gabriele war erleichtert und strahlte. »Und danke noch mal.« Mit diesen Worten ging sie schleunigst zur Tür hinaus. Es hatte sie sicherlich einiges an Überwindung gekostet, das alles zu sagen.

Tamara sah ihr lächelnd hinterher und widmete sich wieder der Arbeit.

…

Tamara saß mit ihren Freundinnen in Karlsruhe in ihrer Lieblings-Tapas-Bar an einem kleinen Tisch in einer gemütlichen Ecke. Von dort aus hatte man eine gute Übersicht über das ganze Lokal. Nachdem sie noch keine Lust hatte, über ihre Probleme zu sprechen, hatten sie sich erst einmal eine Runde Sangria bestellt. Da sie alle noch nicht viel gegessen hatten, ging es schon nach kurzer Zeit sehr lustig zu. Vergessen waren auch bei Tamara im Moment die Probleme.

Die Freundinnen alberten herum und Eliane sagte gerade, während ihr vor lauter Lachen die Tränen übers Gesicht liefen: »Und dann hat er doch gesagt……« Auf einmal blieb ihr aber das Wort im Hals stecken. Sie hatte zum anderen Ende des Raumes geblickt und nach einem kurzen Stutzen schnell wieder Tamara und Klara angeschaut, die mit dem Rücken zur Tür und den anderen Tischen saßen. Bevor sie aber etwas sagen konnte, wurde sie von Klara unterbrochen: »Hey, was ist los? Erzähl doch weiter. Was hat er gesagt?«

»Ach, ja, was hat er doch gleich gesagt? Ich glaube, ich habe den Faden verloren.«

»Das kann doch nicht wahr sein«, warf nun Rebecca ein, die an Elianes Lippen hing und nichts anderes um sich herum wahrgenommen hatte.

Sie saß direkt neben Eliane, hatte aber nicht gesehen, was diese gesehen hatte. »Wir wollen jetzt wissen, was der Typ gesagt hat.«

»Du siehst ja ganz blass aus«, bemerkte nun Tamara. »Was ist los?«

Eliane versuchte ein Lächeln hinzubekommen, aber es war ihr nicht möglich.

»Was ist mit dir?«, fragten nun die gegenüber sitzenden Freundinnen.

»Gar nichts ist los. Tamara, gehst du mal mit mir auf die Toilette?«

»Was?«, fragte diese ungläubig. »Kannst du das jetzt nicht mehr alleine? Fängst du jetzt auch an, gemeinsam auf Toiletten zu gehen, wie das bei Frauen so üblich ist?«

Die anderen beiden sahen ihre Freundin ebenfalls erstaunt an, aber Eliane ging überhaupt nicht darauf ein. »Bitte, komm doch.« Sie ging um den Tisch, fasste Tamara am Ellenbogen und wollte sie auffordern mitzukommen. Diese ging schließlich auch gehorsam voraus in Richtung Toilettentür, drehte sich dann aber wider Erwarten herum und sah, dass Eliane hinter ihrem Rücken verzweifelt versuchte, Klara und Rebecca Zeichen zu geben, damit die beiden hinter sich schauen sollten. Sie wussten allerdings nicht, was Eliane von ihnen wollte. Das alles hatte so lange gedauert, dass

Tamara ungeduldig geworden und zunächst Elianes Blick gefolgt war und schließlich gleichzeitig mit ihren Freundinnen bemerkte, auf was diese sie aufmerksam machen wollte. Sie wurde leichenblass, stammelte vor sich: »Das gibt es doch gar nicht.«

Am ersten Tisch, gleich neben der Eingangstür, da saß doch tatsächlich ihr Ehemann und turtelte dort, man konnte es nicht anders bezeichnen, mit einem anderen Mann herum. Markus war mit seinem Gesicht ganz nah an dem des Anderen. Es war übrigens niemand anderes als sein Geschäftskollege Anton und so wie es aussah, konnte es sich bei den beiden nur um ein Liebespaar handeln. Tamara fasste sich, rannte Richtung Tür, riss sie auf und stürmte, blind vor Tränen, nach draußen. Dort angekommen, lief sie über den kurzen Gehweg, wollte die Straße überqueren und sah plötzlich ein Auto auf sich zuschießen. Dann wurde alles schwarz um sie herum...

Voller Entsetzen hatte zuerst Anton und dann, nachdem er seinen Begleiter darauf aufmerksam gemacht hatte, auch Markus, seine Frau aus der Tapas-Bar rennen sehen. Sofort stürzte er, gefolgt von Anton und Tamaras Freundinnen, hinterher. Fassungslos sahen sie auf der Straße Tamara liegen. Davor war ein Auto zum Stehen gekommen

und der Fahrer kniete verzweifelt neben der Ver-
letzten, die sich nicht rührte.

»Um Himmels willen.« Eliane ließ sich neben ihrer
Freundin auf die Knie fallen und schrie den Mann
an: »Haben Sie den Notarzt gerufen?«

Dieser schüttelte nur stumm den Kopf, zog dann
aber sein Handy aus der Tasche und wählte den
Notruf. In der Zwischenzeit kümmerten sich Markus und Rebecca um die bewusstlose Tamara.
Zum Glück konnten sie schnell feststellen, dass sie
noch atmete. Klara kam dazu und legte sie in die
stabile Seitenlage. Die anderen sorgten dafür, den
Verkehr umzuleiten. Glücklicherweise handelte
es sich um eine ruhige Seitenstraße, so dass ihnen
dieses gut gelang. Wahrscheinlich hatte die Tatsache, dass es sich um eine 30er-Zone handelte,
Tamara das Leben gerettet.

Dieses Auto war zum Glück auch nicht schneller
gefahren.

Es dauerte nur wenige Minuten, da kam auch
schon der Krankenwagen. Nachdem Tamara im
Wagen lag und soweit versorgt war, fragte Markus, ob er mitfahren könne, da er der Ehemann
sei.

»Natürlich«, antworteten die Sanitäter und schon
wurden die Türen hinter ihm geschlossen. Die anderen Anwesenden sahen sich fassungslos an, bis
schließlich Klara laut aufschluchzte. Nun lösten

sich auch die anderen aus ihrer Schockstarre. Keiner konnte so richtig begreifen, was da eben passiert war.

»Wo wird sie jetzt hingebracht«, fragte schließlich Rebecca.

»Ins „Städtische Klinikum" hat der Fahrer gesagt«, antwortete Anton, erntete aber nur böse Blicke von den drei Frauen, die sich schließlich abwandten.

Da sie ohne Auto da waren, versuchte Rebecca, die immer noch den kühlsten Kopf von allen hatte, ein Taxi zu rufen. Sie würden sofort in die Klinik fahren, das war klar.

Krankenhaus

Tamara, Rebecca und Eliane gingen unruhig in der Empfangshalle des Städtischen Klinikums auf und ab. Keine von ihnen sprach etwas, zu schockiert waren sie über den Unfall und darüber, dass Tamaras Mann, so wie es aussah, ein Verhältnis mit einem Mann hatte. Ihnen fehlten einfach die Worte. Schließlich hatten sie mitbekommen, wie Tamara die letzten Wochen gelitten hatte.

Als Eliane gerade anfangen wollte, etwas zu ihren Freundinnen zu sagen, kam Markus auf sie zu, schaute die drei Frauen traurig an, schüttelte nur den Kopf, ohne etwas zu sagen, und setzte sich auf die nächste Bank. Stockend begann er dann aber doch zu sprechen: »Es tut mir so leid, also nicht die Sache an sich, dazu muss ich stehen, sondern, dass ich es so lange vor Tamara verheimlicht habe. Der einzige Grund dafür ist, dass ich sie wirklich liebe, das könnt ihr mir glauben oder auch nicht. Ich liebe meine Frau und es hätte mir das Herz gebrochen, es ihr zu sagen, aber ich wollte nicht, dass sie es unter solchen Umständen erfährt.«

»Weißt du schon, wie es Tami geht?«, unterbrach Rebecca seinen Redeschwall.

»Nun, sie ist wieder bei Bewusstsein und hat einen Bruch im Bein, der operativ gerichtet werden

muss. Das wird wahrscheinlich morgen geschehen. Außerdem hat Tamara ein Schädel-Hirn-
Trauma. Im Moment sieht es nicht so aus, als ob
sie in Lebensgefahr wäre, aber sie sind noch nicht
fertig mit den Untersuchungen.«

»Und warum bist du jetzt hier und nicht bei ihr«,
wollte Klara wissen.

»Weil sie mich nicht sehen möchte.« Ein paar Tränen rannen über sein Gesicht.

»Das wiederum ist ja verständlich«, meinte Re-
becca nun bissig, aber Eliane stupste sie in die
Seite und sagte: »Jetzt hör schon auf. Lieber ein
Ende mit Schrecken, als ein Schrecken ohne
Ende.«

»Da hast du auch wieder recht«, stimmten die
beiden Freundinnen zu.

An die drei gewandt meinte nun Tamaras Mann:
»Ich würde sagen, ihr geht besser nach Hause.
Heute wird sie mit niemandem mehr sprechen
können. Ich werde hier warten und vielleicht ist
sie morgen bereit mit mir zu reden. Morgen früh
könnt ihr ja kommen und wir sehen weiter.«

»Was anderes bleibt uns wohl nicht übrig«, erwiderte Eliane. Die beiden anderen nickten zustimmend. Nachdem die drei die Klinik verlassen hatten, ging Markus zurück und hoffte, dass seine
Frau es sich anders überlegt hatte und er zu ihr
durfte. Da sich aber an ihrem Entschluss, ihn nicht

sehen zu wollen, nichts geändert hatte, setzte er sich resigniert auf einen Stuhl vor ihrer Tür. Mehr konnte er jetzt nicht tun, deshalb entschloss er sich nach einer halben Stunde, ebenfalls nach Hause zu gehen.

…

Es war morgens 7.30 Uhr und Tamaras Bettnachbarin hatte gerade das Frühstück serviert bekommen. Sie selbst durfte nichts essen, weil eine Operation bevorstand. Der Bruch im Bein musste gerichtet werden und sie würde in Kürze abgeholt werden. Tamara wusste noch gar nicht, wie ihr geschehen war. Sie hatte zwar heute Nacht mit Hilfe einer Schlaftablette ganz gut geschlafen, aber seit 5 Uhr war sie schon wieder wach und grübelte und grübelte. Das durfte doch alles nicht wahr sein. Hätte sie das geahnt, wären ihr viele schwere Wochen erspart geblieben. Eigentlich war das der Hauptgrund, dass sie so böse auf Markus war. Nicht die Sache an sich, denn ihr war klargeworden, dass er dafür nichts konnte und dass er wahrscheinlich lange Zeit seine Neigung vor sich selbst nicht hatte eingestehen können. Tamara war sich sicher, dass er noch nicht lange wusste, dass er sich zu Männern hingezogen fühlte und dass ihm das wahrscheinlich erst bewusst geworden war, als er sich in seinen Geschäftskollegen verliebt hatte.

Gestern war sie nicht mehr bereit gewesen, mit ihrem Mann zu sprechen, aber heute wollte sie das Gespräch nicht mehr weiter vor sich herschieben. Dass Markus sie auf seine Art und Weise liebte, glaubte sie ihm schon. Deswegen hatte er auch alles versucht, die Beziehung aufrecht zu erhalten, und sie konnte ein bisschen besser verstehen, warum er es nicht fertiggebracht hatte, mit ihr zu sprechen. Aber besser war es nun, einen Schlussstrich zu ziehen, darüber war sich Tamara im Klaren. Einfach so weitermachen wollte sie nicht. Außerdem hüpfte ihr Herz vor Freude, wenn sie an Robert dachte, da sie ja nun frei war. Aber gleich danach kam der schreckliche Gedanke, dass da doch die Andere war. Es gab ja nun diese Conny. Aber deshalb an einer Ehe festhalten, die nichts mehr war und nichts mehr werden konnte? Nein, vielleicht wurden, nach ein bisschen Abstand, Markus und sie sogar Freunde. Das konnte sie sich gut vorstellen. Sie würde also nach der Operation mit ihm sprechen und versuchen, ihm nicht allzu große Vorwürfe zu machen. Das brachte alles nichts mehr. In diesem Moment betrat die Krankenschwester den Raum und sagte: »So Frau Berger, ich hole sie jetzt ab. Es geht los.« »Gut, ich bin bereit. Hauptsache ich habe es schnell hinter mir und kann mich um meine Angelegenheiten kümmern.«

»Ich denke, Sie werden heute Nachmittag schon wieder fit sein«, sagte die Schwester freundlich und fuhr ihr Bett aus dem Zimmer.

Freunde

Die Freundinnen saßen im Café zusammen, sie waren sehr betreten. Eliane sagte gerade: »Was für ein Schock für die arme Tamara. Jetzt hat sie wochenlang so leiden müssen. Und nun das. Sowas hat sie wirklich nicht verdient.«

In diesem Moment betrat Robert den Raum und sagte fröhlich: »Hallo, was macht ihr denn für Gesichter? Ist jemand gestorben?« Er konnte nicht wissen, was geschehen war, weil er gestern geschäftlich zu tun gehabt hatte. Er steuerte auf den Tisch zu. Das Café war bis auf einen Tisch am anderen Ende des Raumes noch leer. Er bemerkte aber sogleich, dass irgendetwas nicht stimmte. »Was ist passiert? Wo ist Tamara?«

Noch ganz in Gedanken versunken, starrten die Anwesenden ihn an, bis Eliane sich mit der Hand vor den Kopf schlug und antwortete: »Ach, herrje, du weißt es ja noch gar nicht, ich habe dich gestern nicht erreicht.«

Fassungslos hörte Robert sich die ganze Geschichte an und sprang dann entsetzt auf.

»Ich fahre sofort ins Krankenhaus.«

»Halt, warte«, rief ihm Rebecca noch hinterher. »Das bringt doch gar nichts. Sie wird ja jetzt gerade operiert.«

Aber das hörte er schon nicht mehr. Kopfschüttelnd meinte Klara: »Kommt, dann lasst uns auch ins Krankenhaus fahren. Wir warten einfach dort bis die Operation vorbei ist. Von ihrem Mann kann sie ja keine Unterstützung erwarten«, fügte sie noch hinzu.

»Okay.« Alle nickten zustimmend und verließen das Café. Außer Timo, er würde sich alleine um alles kümmern. Es schien ausnahmsweise heute etwas ruhiger zu sein.

Besuch

Rebecca und Klara saßen auf zwei Stühlen, die im Gang vor der Station aufgestellt worden waren. Robert und Eliane gingen unruhig auf und ab. Sie mussten warten. Tamara war zwar schon operiert worden, aber noch nicht in ihr Zimmer zurückgekehrt, sondern lag noch auf der Aufwachstation. Nach ungefähr einer Stunde Wartezeit - Robert war es wie mehrere Stunden vorgekommen - kam nun die Krankenschwester, die ihnen zuvor gesagt hatte, dass sie hier warten könnten und meinte freundlich: »Sie können jetzt zu ihr. Wollen sie alle auf einmal? Ich weiß nicht, ob das im Moment nicht ein bisschen viel für Frau Berger ist.« Zweifelnd schaute die Schwester die Anwesenden an.

»Ja, bitte«, entgegnete Eliane. »Wir sind auch ganz leise und bleiben nicht allzu lange. Wir wollen uns nur überzeugen, dass es unserer Freundin gut geht.«

Robert war schon Richtung Tür geeilt - er kümmerte sich überhaupt nicht um das Gespräch von Eliane mit der Krankenschwester -, blieb nun aber stehen, drehte sich um und schaute ungeduldig zurück, da er ja nicht wusste, wo er Tamara finden konnte. Endlich setzte sich die Truppe in Bewegung. Robert war völlig hektisch, das dauerte ihm alles viel zu lange. Kurze Zeit später waren sie dann um Tamaras Bett versammelt. Noch etwas blass lächelte diese in die Runde. Nachdem Robert sie mehr als überschwänglich begrüßt hatte, hatte er sich wieder ans Fußende des Bettes zurückgezogen. Tamara war noch ganz benommen von seiner liebevollen Umarmung.

Nach dem ersten Glücksgefühl, war ihr aber wieder bewusst geworden, dass Robert ja nun eine Freundin hatte. Deshalb hatte sie sich, nachdem sie sich erst an ihn geschmiegt hatte, in seiner Umarmung etwas versteift. Robert, der das bemerkt hatte, war daraufhin zurückgewichen. Die Freundinnen schwatzten aufgeregt durcheinander und wollten natürlich wissen, wie es Tamara ginge. Alle versicherten ihr, wie froh sie waren, dass alles so glimpflich ausgegangen war. Das Thema Markus klammerten sie bewusst aus. Nach einer Weile wurde ihnen allerdings klar, dass Tamara doch noch sehr geschwächt war. Sie erinnerten sich an das Versprechen, das sie der Krankenschwester gegeben hatten und verabschiedeten sich von ihrer Freundin. Robert tat es ihnen gleich, nachdem er Tamaras Distanziertheit gespürt hatte. Diese hielt ihn auch nicht zurück.

Plötzlich wieder allein, hing Tamara ihren Gedanken nach. Sie musste endlich mit Markus sprechen und einen Schlussstrich ziehen. Robert war zwar vergeben, aber davon durfte sie es nicht abhängig machen. Vielleicht war es sogar gut, wenn sie mal eine geraume Zeit für sich alleine sein würde, um herauszufinden, wie es ist, alleine zurechtkommen zu müssen. Bei diesem Gedanken war Tamara wieder eingeschlafen. Ihr vom Narkosemittel geschwächter Körper forderte seinen Tribut.

Markus

Markus saß auf dem Küchenstuhl und starrte ins Leere. Was hatte er nur angerichtet? Wie konnte er das jemals wieder gut machen? Wie konnte er Tamara das nur alles erklären? Wenn er sie doch wenigstens um Verzeihung bitten könnte, aber momentan ließ sie ihn nicht an sich ran. Es war eine ausweglose Situation. Er liebte seine Frau tatsächlich mehr als alles auf dieser Welt. Aber da war nun eben auch noch Anton. Lange hatte er sich dagegen gesträubt, gegen seine Gefühle und überhaupt gegen die Erkenntnis, dass er etwas für Männer empfand. Aber die ständige Nähe bei der Arbeit und schließlich hatte Anton ihn doch überzeugen können. Es ging nun schon seit Wochen so, dass er ihn bearbeitete, zu seinen Gefühlen zu stehen. Auch weil er ständig mit ihm zusammen sein und sogar zusammenwohnen wollte. Aber Markus konnte sich einfach lange Zeit nicht entscheiden und hatte bis zum Schluss gedacht, dass er sein Leben mit Tamara auf die Reihe bekommen würde. In der Woche am Gardasee war ihm dann allerdings klargeworden, dass es nicht klappen würde. Er hatte beschlossen, mit Tamara zu reden, wollte ihr aber den Urlaub nicht verderben und hatte es deshalb immer weiter verschoben.

Das war der größte Fehler seines Lebens gewesen. Das schrille Klingeln des Telefons riss ihn aus seinen Gedanken. Eiligst ging Markus an die Kommode in der Diele, wo sich die Telefonanlage befand und nahm das Gespräch an, ohne auf die angezeigte Nummer zu schauen.

Noch ganz in Gedanken hörte er Tamaras Stimme. »Hallo, Markus.«

»Hallo, Schatz, wie geht es dir?«, fragte er hoffnungsvoll.

Nach einer kurzen Pause, er dachte schon sie hätte aufgelegt, räusperte sich seine Frau: »Kannst du kommen? Ich möchte mit dir reden.«

»Ich fliege, ich bin sofort da.« Er beendete ohne weitere Worte das Gespräch und stürzte zur Tür hinaus.

Schon eine dreiviertel Stunde später saß Markus bei Tamara am Bett. Es schien, als ob er tatsächlich geflogen wäre. Zum Glück war die Autobahn frei gewesen. Wahrscheinlich würden einige Strafzettel ins Haus flattern, weil er mehrere Geschwindigkeitsbegrenzungen überschritten hatte. Er sagte gerade: »Ich bin so froh, dass du mit mir sprechen willst. Es war nicht richtig, dass ich dich hingehalten habe. Das war feige.

Aber ich habe es nicht fertiggebracht, weil ich dich liebe, auch wenn du mir das vielleicht nicht glauben kannst.«

Tamara sah ihren Mann lange an, bevor sie antwortete: »Doch Markus, ich glaube dir das sogar, aber es waren schreckliche Wochen für mich. Alles andere kann ich schon verstehen und nachvollziehen und es ist eben nicht zu ändern, aber dass du nicht früher mit mir gesprochen hast, habe ich dir noch nicht verzeihen können. Jetzt bin ich allerdings froh, es zu wissen. Aber es wäre mir lieber gewesen, wenn ich es auf eine andere Art und Weise erfahren hätte.« Tamara hatte in den letzten Stunden daran denken müssen, wie sie der jungen Frau, die erkannt hatte, dass sie in ihre Freundin verliebt war, geraten hatte, ihren Gefühlen nachzugeben und sich nicht dagegen zu wehren. Und im Grunde war es bei ihrem Mann auch nicht anders. Glücklich war sie schon lange nicht mehr gewesen, das musste sie sich eingestehen. Und nun konnte sie sich auch ihre Gefühle für Robert erklären, weil ihre Ehe eben doch am Ende war. Sie liebte diesen Mann, wenn ihr diese Erkenntnis auch nicht allzu viel nützen würde, da er ja nun vergeben war. Aber damit wollte sie sich jetzt nicht beschäftigen.

»Lass uns das Ganze jetzt mit Anstand zu Ende bringen, ohne uns gegenseitig Vorwürfe zu machen und zu kränken. Was schlägst du vor?« Fragend schaute Tamara ihren Mann an.

»Ich werde auf jeden Fall ausziehen. Zu Anton ziehen möchte ich nicht gleich. Wir müssen das erst alles mal testen. Wir hatten ja bis jetzt keine richtige Beziehung. Deswegen werde ich mir also eine kleine Wohnung suchen und ich wollte dir vorschlagen, dass ich noch im Haus bleiben kann, weil du ja, wenn du aus dem Krankenhaus entlassen wirst, auch Hilfe brauchen könntest. Ich würde mich gerne um dich kümmern, wenn ich darf.«

Tamara schüttelte heftig den Kopf. »Nein, das möchte ich nicht! Ich möchte zur Ruhe kommen und mich auf mein neues Leben einstellen.

Ich habe meine Freundinnen, die lassen mich mit Sicherheit nicht im Stich. Es wäre mir recht, wenn du gleich ausziehen könntest.«

»Einverstanden«, meinte Markus etwas enttäuscht. »Dann werde ich ins Hotel gehen bis ich eine Wohnung gefunden habe oder irgendwo bei Freunden unterkommen. Das ist kein Problem. Ich hätte dir nur gerne geholfen.«

»Und wie ist das mit dem Haus? Erstens können wir das unter diesen Umständen nicht halten und zweitens möchte ich auch nicht alleine in so einem großen Haus wohnen.«

»Ja, da hast du natürlich Recht, das müssen wir verkaufen, aber ich würde sagen, wir überlegen uns das, wenn du gesund bist. Du musst ja auch zuerst mal eine Wohnung finden.«

»Okay, dann machen wir das so. Jetzt bin ich allerdings sehr müde. Sei mir nicht böse, aber ich möchte jetzt ein bisschen schlafen.«

Traurig schaute Markus seine Frau an. »Ich gehe ja schon. Wir brauchen uns aber nicht gleich scheiden zu lassen, oder?«

»Das werden wir sehen«, entgegnete Tamara müde. »Es macht aber auch keinen Sinn, an einer Ehe festzuhalten, die keine mehr ist. Wenn ich

wieder gesund bin, werden wir darüber sprechen.«
Markus schwieg und beugte sich vor, um Tamara
zu umarmen, aber diese wehrte ab und so verließ
er niedergeschlagen das Zimmer.

Robert

Robert lag auf seiner Couch und war in seinem Gedankenkarussell gefangen. Was sollte er nur tun? Als er mit den Freundinnen bei Tamara im Krankenhaus gewesen war, hatte sie ihm deutlich zu verstehen gegeben, dass er Abstand halten solle. Einige Tage später hatte er einen zweiten Versuch unternommen. Sie waren zwar dieses Mal allein gewesen, aber Tamara war ebenso distanziert geblieben. Es wurde nur über Belangloses gesprochen und er hatte sich auch nicht getraut, das Gespräch auf seine Gefühle zu bringen, obwohl er nun wusste, dass sie frei war.

Eigentlich war er sich ganz sicher gewesen, dass Tamara auch für ihn Gefühle hegte und dass nur ihre Verpflichtung gegenüber ihrem Ehemann und vielleicht auch die Gewohnheit sie davon abhalten würde, sich auf ihn einzulassen. Nun war er sich da allerdings nicht mehr so sicher. Nachdem sie eine halbe Stunde über dies und das geredet hatten, hatte er sich dann wieder verabschiedet. Sie hatte sich zwar von ihm umarmen lassen, aber es war eine ziemlich oberflächliche Umarmung gewesen. Er konnte sich ein Leben ohne Tamara überhaupt nicht vorstellen. Sie war die einzige Frau, bei der er solche Gedanken und Gefühle entwickelt hatte. Sollte er es noch mal wagen? Inzwischen war Tamara entlassen worden. Seit einigen Tagen waren sie sich nicht mehr über den Weg gelaufen. Er hatte keine Ahnung, wie er sich verhalten sollte. Vielleicht würde er noch einmal eine Nacht darüber schlafen und dann eine Entscheidung treffen. Robert war normalerweise nicht der Typ, der stundenlang herumgrübelte. Er war mit seinem Freund Ralf verabredet. Der hatte inzwischen allerdings genug von seinen Problemen, aber vielleicht konnten sie etwas zusammen unternehmen, damit er einfach mal auf andere Gedanken kam. Er wollte ihn auch fragen, ob er Lust auf einen Kurzurlaub hatte, vielleicht sogar zum Surfen, so wie sie es früher immer getan hatten.

Tamara

Tamara saß in dem kleinen Aufenthaltsraum des Cafés. Sie musste noch eine Weile an Krücken gehen, aber es ging ihr sehr gut. Sie war vor ein paar Tagen entlassen worden und hatte sich mit ihrer neuen Situation gut zurechtfinden können. Als sie nach Hause gekommen war, war Markus mit seinen Sachen schon weg gewesen. Darüber war sie sehr erleichtert. Das Haus kam ihr jetzt unendlich groß vor. Sie würde sich eben schnellstens eine kleine gemütliche Wohnung suchen. Ihre Freundinnen kümmerten sich aufopfernd um sie. Jede so, wie sie Zeit hatte. Es mangelte ihr an nichts. Erst heute Morgen hatte Rebecca ihr das ganze Haus geputzt. Nun saß Tamara hier und wollte warten bis das Café sich geleert hatte, um dann zusammen mit ihren Freundinnen einen Kaffee zu trinken. Eigentlich war sie sehr zufrieden, nur zog sich ihr Magen schmerzlich zusammen, wenn sie an Robert dachte. Warum war ihr nicht schon vorher klargeworden, dass sie ihn liebte? Warum hatte Markus ihr sein Geheimnis nicht vorher gebeichtet? Dann wäre sie jetzt an der Stelle dieser Conny. Eliane betrat den kleinen Raum und unterbrach ihre Grübelei. »Hey Tami, was ist los? Du siehst ja so sorgenvoll und in Gedanken versunken aus.«

»Ach, es ist nichts. Alles gut! Ich dachte nur mal so über alles Mögliche nach. Und wie alles weitergehen soll. Übrigens, ich habe Robert schon so lange nicht mehr gesehen. Wo ist der denn? Ist er verreist?«

»Nein, Robert ist da. Der hat im Moment auch viel um die Ohren, da Conny nach Pforzheim gezogen ist und er sich verpflichtet fühlt, sich etwas um sie zu kümmern.«

»Wie meinst du das? Verpflichtet fühlt? Wenn man sich liebt, fühlt man sich doch nicht verpflichtet.«

Verständnislos schaute Eliane ihre Freundin an.

»Ja, aber seine Cousine liebt man ja jetzt nicht so, dass man unbedingt jeden Tag und jede Stunde mit ihr verbringen möchte.«

Fassungslos starrte Tamara Eliane an.

»Cousine?«, fragte sie mit entgleisten Gesichtszügen. Mehr brachte sie nicht heraus.

»Ja, klar. Was dachtest du denn?« Nun war es Eliane, die ihre Freundin etwas merkwürdig anschaute.

»Ich dachte, ich meinte«, stotterte diese herum.

Auf einmal kam Eliane die Erleuchtung und sie lachte schallend los. »Du dachtest doch nicht etwa… das ist ja witzig. Ach du Arme. Jetzt verstehe ich das ganze Desaster.« Sie legte den Arm um Tamara. »Da wird es jetzt aber Zeit für dich, etwas klarzustellen.« Sie grinste in sich hinein. »Conny ist die Cousine. Die ist nach Pforzheim gezogen und er hilft ihr ein bisschen, sich zu akklimatisieren. Sie hat hier einen Job gefunden, ist alleinstehend und hat sonst niemanden.«

Ungläubig schaute Tamara ihre Freundin an. »Ich glaube, ich muss jetzt dringend gehen.«

Immer noch vor sich hin lächelnd erhob sich Eliane ebenfalls. »Okay, ich wünsche dir einen wunderschönen Tag! Ich glaube, Robert ist sogar oben in seiner Wohnung.« Augenzwinkernd verschwand sie hinter der Theke.

Nach Luft schnappend kam Tamara oben vor Roberts Haustüre zum Stehen. Sie war mit ihren Krücken, so schnell es ging, die Treppen hochgehumpelt und musste erst einmal verschnaufen, bevor sie auf den Klingelknopf drückte. Sie hatte sich nicht viele Gedanken darüber gemacht, was sie ihm sagen würde, so durcheinander war sie gewesen. Aber jetzt kam kurz Panik in ihr auf und Tamara murmelte vor sich hin: »Was mache ich hier eigentlich?«

Nichts rührte sich. Sie klingelte noch einmal und noch einmal, aber Robert schien nicht da zu sein. Enttäuscht holperte sie wieder nach unten ins Café. Dort wurde sie auch sogleich wieder von Eliane empfangen. »Der Weg war umsonst. Ich hatte das zuvor leider nicht gesehen. Robert hat einen Zettel hinter die Theke gelegt, dass er ein paar Tage wegfahren würde, um mal abzuschalten.«

»Das darf jetzt nicht wahr sein.« Tamara stöhnte resigniert auf und ließ sich auf den nächstbesten Stuhl fallen. Eliane brachte ihrer Freundin einen Milchkaffee, in der Hoffnung, sie damit etwas zu trösten. Es war nachmittags 16 Uhr, sehr viel los und es sah nicht so aus, als ob sich das bald ändern würde. Deshalb äußerte sich Tamara nach kurzer Zeit: »Ich habe Schmerzen und werde jetzt nach Hause gehen. Dort kann ich das Bein hochlegen und mich eine Weile ausruhen. Wir sehen uns bald wieder. Okay?«

»Na klar, Schätzchen, ich schaue heute Abend bei dir vorbei und bringe dir was zum Essen.«

Tamara nickte freudig und verschwand langsam aus dem Café. Eliane schaute ihrer Freundin durch die große Fensterfront hinterher, wie diese, auf ihre Krücken gestützt, die Straße entlang humpelte. Tief atmete Tamara die frische Luft ein. Es war ja nun wirklich nicht weit und die Bewegung tat ihr, so schwer ihr das auch fiel, sehr gut.

...

Kurz nachdem Tamara gegangen war, ging die Tür auf und die Frau, die Cornelia hieß, wie Eliane von ihrer Freundin wusste, betrat das Café. Eliane erinnerte sich, dass Tami ihr erzählt hatte, dass Cornelia von ihrem Mann geschlagen werden würde. Eliane bemerkte sofort, wie gut diese heute aussah. Die Frau setzte sich an den ersten freien Tisch.

»Hallo, das ist aber schade, gerade ist nämlich meine Kollegin gegangen«, sagte Eliane zur Begrüßung, da sie wusste, dass die beiden schon oft miteinander gesprochen hatten und sich gut verstanden.«

»Oh, das tut mir aber leid, dass ich nicht früher gekommen bin. Ich habe sie schon eine Weile nicht mehr gesehen.«

»Tamara hatte einen Verkehrsunfall und war im Krankenhaus. Sie wurde operiert und muss noch an Krücken laufen, da ihr Fuß noch nicht belastet werden darf.«

»Oh, das tut mir leid. Sagen Sie ihr doch bitte ganz liebe Grüße.«

»Das mache ich gerne. Sie kann zwar im Moment nicht arbeiten, verbringt aber trotzdem viel Zeit hier.«

»Dann werde ich bald wieder reinschauen. Sie dürfen ihr gerne ausrichten, dass es mir sehr gut geht. Und...äh, es ist auch kein Geheimnis, dass ich Probleme mit meinem Mann hatte. Tamara hat mir so gut zugeredet, so dass ich es tatsächlich geschafft habe, ihn zu verlassen. Ich wohne im Moment bei einer Freundin, und ich habe es kaum zu hoffen gewagt, er lässt mich tatsächlich in Ruhe. Ich baue mir gerade ein neues Leben auf. Wie es weitergeht, weiß ich nicht. Aber das Gute ist, dass er seine Fehler einsieht. Er liebt mich und hat sich bereit erklärt, eine Therapie zu machen. Ich liebe ihn auch, deshalb habe ich da schon noch Hoffnung. Die Zeit wird es zeigen, und wir werden sehen, wie alles weitergeht.«

»Das freut mich sehr. Das werde ich gleich heute Abend Tamara erzählen, darüber wird sie sehr glücklich sein.«

»Und sagen Sie ihr bitte gute Besserung von mir.«

»Ich habe eine Idee«, fügte Eliane noch hinzu. »Hätten sie nächste Woche am Mittwochnachmittag um 15 Uhr Zeit?«

»Ja, das kann ich einrichten. Ich arbeite nur vormittags.«

»Das ist schön. Dann kommen Sie doch bitte hierher. Das soll eine Überraschung werden. Ein paar weitere Stammgäste werden auch da sein. Ich möchte Sie gerne zu Kaffee und Kuchen einladen.«

»Da freue ich mich. Ich komme gerne. Bei dieser Gelegenheit werde ich dann auch Tamara sehen. Stimmt´s?«

»Ja, sie wird auch hier sein, da bin ich mir ganz sicher.« Freundlich lächelte Eliane Cornelia zu und machte sich an die Arbeit, nachdem sie die Bestellung aufgenommen hatte.

Überraschung

Tamara saß eingekuschelt in eine Decke auf dem Sofa in ihrem Wohnzimmer. Trotz der sommerlichen Temperaturen, die es heute draußen hatte, fröstelte sie. Sie war sehr enttäuscht gewesen, weil Robert nicht zuhause war, sagte sich aber, dass er ja nicht aus der Welt wäre und hoffentlich bald wiederkommen würde. Sie konnte ihm ja jederzeit ihre Gefühle eingestehen, dachte sich Tamara optimistisch. Nachdem sie gehört hatte, dass es sich bei Conny um seine Cousine handelte, war sie doch sehr erleichtert gewesen.

»Wie blöde kann man nur sein«, murmelte sie vor sich hin und wurde plötzlich vom Klingeln an der Haustüre aus ihren Gedanken gerissen. Wer kann das jetzt sein? Eliane wollte zwar kommen, aber eigentlich erst später. Tamara ging etwas verunsichert, da sie niemanden erwartete, in die Diele, öffnete die Tür, ohne durch den Spion zu schauen, und erstarrte. Ihr erster Gedanke war: »Das darf jetzt nicht wahr sein, ich muss furchtbar aussehen, total verstrubbelt und überhaupt nicht frisch geschminkt.«

Vor der Tür stand nämlich niemand anders als Robert höchstpersönlich.

»Wawa..., was machst du denn hier?«, stotterte sie verlegen herum. »Ich denke du bist weg.«

Er lächelte sie mit seinem unwiderstehlichen Lächeln an.

»Ja, ich wollte ein paar Tage wegfahren, aber ich habe nach kurzer Strecke wieder kehrtgemacht, weil ich mit dir reden möchte. Darf ich reinkommen?«

»Aber natürlich.« Nachdem Tamara ihren ersten Schock überwunden hatte, trat sie einen Schritt zur Seite. Nun standen sich die beiden ganz nah gegenüber. Tamara hielt den Atem an.

»Äh, ja, ich möchte dir einfach sagen, wie sehr ich dich liebe«, stieß Robert etwas unsicher hervor. »Ich weiß, dass du meine Gefühle wahrscheinlich nicht erwiderst, aber ich möchte, dass du es wenigstens weißt. Die Flucht hätte mir nichts gebracht, deshalb bin ich jetzt hier.«

Ängstlich schaute er Tamara, auf ihre Antwort wartend, an. Diese umarmte ihn stürmisch ohne Worte, drückte sich ganz fest an den Mann ihrer Träume und flüsterte: »Ich war so blöd, und ich liebe dich so sehr.«

Vollkommen überrascht sah Robert Tamara an, sofern ihm das möglich war, da diese ihn so fest umklammert hielt, dass er kaum ihr Gesicht sehen konnte. Er konnte sein Glück kaum fassen und wollte sich gerade vorbeugen sie zu küssen, als es erneut an der Tür klingelte. Tamara äußerte sich unwillig: »Lass es einfach klingeln«, überlegte es sich dann aber anders, da ihr eingefallen war, dass Eliane kommen wollte, um ihr im Haushalt zu helfen. »Das kann ich nicht machen«, flüstert sie deshalb. »Eli wollte kommen.«

Seufzend nickte Robert und Tamara löste sich zögernd aus seiner Umarmung, um ihre Freundin hereinzulassen. Draußen stand eine sehr überrascht dreinblickende Eliane. Nachdem sie Robert wahrgenommen hatte, war ihr sofort klargeworden, was hier vor sich ging. Sie wandte sich lächelnd an Tamara. »Ich glaube, du brauchst heute von mir keine Hilfe mehr. Für deine Genesung ist gesorgt. Wir sehen uns morgen.« Immer noch grinsend drehte sie sich um und ging die Friedenstraße entlang. Sie freute sich sehr für ihre Freundin, da diese nun endlich ihr Glück gefunden hatte.

Ende

Epilog

Robert schob Tamara - anders konnte man es nicht bezeichnen - zur Seitentür des Cafés hinein. »Warum drängelst du denn schon die ganze Zeit? Es ist doch jetzt nun wirklich egal, ob wir hier um 15 Uhr oder um 16 Uhr oder wann auch immer ankommen«, meinte sie lachend. Es kam ihr vor, als wäre sie schon ewig mit Robert zusammen und nicht erst seit ein paar Tagen.

»Nein, das ist nicht egal. Allerdings wäre ich auch lieber mit dir zu Hause geblieben.«

Er schmunzelte.

Da kam auch schon Eliane auf die beiden zu und begrüßte sie freudig. »Schnell, kommt! Geht in den Aufenthaltsraum«, ordnete sie aufgeregt an.

»Was ist hier los?« Tamara versuchte verzweifelt auszusehen, aber es gelang ihr nicht, weil sie dazu viel zu glücklich war.

»Überraschung«, kam es gleichzeitig aus Roberts und Elianes Munde.

Schließlich gab sie sich geschlagen. Es war kurz vor 15 Uhr und das Café war zur Hälfte gefüllt. Tamara ließ sich in den kleinen Raum begleiten.

»So, und hier bleibt ihr nun, bis ich euch hole!« Drohend hob Eliane ihren Finger.

»Jetzt bin ich aber doch gespannt«, meinte Tamara, setzte sich auf das kleine Sofa und kuschelte sich an Robert. Kurze Zeit später streckte Eliane ihren Kopf zur Tür herein. »Jetzt könnt ihr kommen.«

Neugierig erhob sich Tamara und verließ, gefolgt von ihrem Freund, den kleinen Raum. Was sie da sah, verschlug ihr regelrecht die Sprache. Am Stammtisch saß doch tatsächlich Marianne, die ein krankes Kind erwartete und deren Mann sich jetzt richtiggehend auf das Baby freute. Neben ihr hatte sich Anita, die junge Frau die krank war, niedergelassen. Ihr ging es aber zum Glück nach der Reha richtig gut. Gegenüber hatte sich Cornelia, die von ihrem Mann geschlagen worden war, niedergelassen.

»Das ist ja der Hammer! Eine Wahnsinnsüberraschung«, flüsterte Tamara ihrer Freundin ins Ohr. »Und sie sehen alle richtig glücklich aus.«

Tatsächlich schwatzten die drei Frauen lustig durcheinander. Tamara liefen die Tränen über die Wangen - aber vor Freude. In diesem Moment ging die Tür auf, und es erschien Gabriele, die junge Frau, die sich vor Kurzem noch das Leben nehmen wollte. Sie war händchenhaltend mit einer hübschen jungen Frau hereingekommen.

So wie sie Tamara geschrieben hatte, handelte es sich bei der Frau nicht um die langjährige Freundin von Gabriele, sondern die beiden hatten sich vor ein paar Tagen bei einem Geburtstagsfest kennengelernt. Sie sahen außerordentlich glücklich aus.

»Wie hast du das denn hinbekommen, dass sie alle da sind.« Tamara war vollkommen überwältigt und fiel ihrer Freundin freudig um den Hals. Sie lief auf die beiden Neuankömmlinge zu. Nachdem die freudige Begrüßungsrunde vorbei war, wurden alle mit Kaffee und Kuchen versorgt.

»Das war wirklich eine tolle Überraschung«, sagte sie später, als das Café schon geschlossen hatte und die ganze Truppe am eigenen Stammtisch zusammensaß. Schließlich war wieder Freitag. Alle waren zufrieden und hatten einen entspannten Tag gehabt. Plötzlich rief Timo laut aus: »Ich habe eine Idee.«

Alle sahen ihn fassungslos an und Eliane sagte lächelnd: »Hey, das ist doch unsere Sache, also Tamaras und meine. Eine Idee zu haben, meine ich. Aber dann schieß mal los!«

»Was meint ihr dazu, wenn wir samstags ein Frühstücksbuffet anbieten würden. Schließlich machen das viele Cafés so und das kommt überall gut an. Also, es würde dann ein Buffet zu einem Pauschalpreis geben. Jeder kann sich holen, was er möchte. Natürlich geht das nur mit Vorbestellung. Und die Gäste, die das nicht wollen, können natürlich auch normal essen und trinken. Dort hinten könnten wir das Buffet aufbauen...«

Timo zeigte an die leerstehende Wand am Ende des Raumes, neben der Tür, die in den Aufenthaltsraum führte. Alle starrten ihn erstaunt an. »Das ist super!« fielen Eliane und Klara ihm gleichzeitig ins Wort. Alle anderen nickten zustimmend. Sie waren begeistert von dieser Idee. Auch Brigitte und ihr Lebensgefährte, die natürlich auch anwesend waren, strahlten übers ganze Gesicht. Der Freund von Elianes Mutter fühlte sich ebenfalls sehr wohl in der Runde. An diesem Abend blieben sie alle bis weit nach Mitternacht im „Café Früher". Das Café war für die Gäste ein Ort der Freundschaft geworden. Hier gab es nicht nur Kaffee und Kuchen, sondern immer auch einen Menschen zum Reden. Der Stammtisch würde bestehen bleiben und darüber waren sie alle sehr glücklich.

Dank:

Ich bedanke mich bei meinem Mann Peter, der von Anfang an, wie auch alle meine anderen Bücher, dieses Buch mitgelesen und mich unterstützt hat. Vor allem für das wunderschöne Cover! Mein ganz besonderer Dank gilt Dittmar Huniar und Frau B. Eichkorn für das Korrektorat und Lektorat! Auch bei meiner Freundin Christina Bischoff, die mein Buch vorab gelesen und mich auf kleine Ungereimtheiten aufmerksam gemacht hat, möchte ich mich ganz herzlich bedanken! Dank auch an Gertrude Gebauer, die mein Buch mit ihren Mauszeichnungen verschönert hat! Und Claudia Mackiewicz, an die ich mich immer mit Fragen zur Rechtschreibung wenden kann! Natürlich allen meinen Lesern, die gespannt auf mein Buch warten und es lesen werden, ein herzliches Dankeschön!

Eine kleine Bitte zum Schluss

Ich hoffe, dass Ihnen dieser Roman gefallen hat.
Der schnellste Weg, andere Leser an Ihren Erfahrungen teilhaben zu lassen, ist eine Rezension im Online-Buch-Shop.
Ihr Feedback hilft anderen Lesern, Neues zu entdecken. Außerdem hat man als Autor durch Ihr ehrliches Leser-Feedback die Möglichkeit sich weiterzuentwickeln.
Vielen Dank im Voraus, wenn Sie sich ein paar Minuten Zeit nehmen und eine kleine Bewertung zum Buch veröffentlichen.

Und so geht es weiter…

Manuela Kusterer

Neues aus dem Café und andere Katastrophen

Seiten: 180

ISBN: 9 783750419803

Viviennes Traum von einer glücklichen Ehe ist wie eine Seifenblase geplatzt. Plötzlich merkt sie, dass ihre reichen Freudinnen sich alle von ihr abwenden. Was soll sie nur tun? Kontakt zu ihrem früheren Freundeskreis aufnehmen? Aber wie würde sie dort empfangen werden? Schließlich war sie damals nicht sehr nett zu ihnen gewesen. Vor allem Eliane hatte allen Grund, böse auf sie zu sein. Auch Tamara, Vivis beste Freundin aus alten Tagen, hatte sich schließlich von ihr abgewendet und arbeitete jetzt sogar in Elianes Café. Dann sind da noch Rebecca, Klara und Klaus aus der Wohngemeinschaft. Klara ist unsterblich in ihren Mitbewohner verliebt. Aber beruht das auf Gegenseitigkeit? Und Rebecca hat ihre eigenen Probleme. Sie wird von ihrem Ex-Freund gestalkt. Werden die Freundinnen bemerken, dass sich eine von ihnen in großer Gefahr befindet. Selbst Tamara mit ihrem Helfersyndrom ist im Moment mit sich selbst beschäftigt und bekommt nicht viel von ihrem Umfeld mit.

Leseprobe:

Neues aus dem Café und andere Katastrophen

Vivienne

Vivienne saß auf ihrem edlen cremefarbenen Sofa aus Leder, umgeben von zerknüllten Papiertaschentüchern. Sie konnte gar nicht mehr aufhören zu weinen. Was war nur aus ihrem Leben geworden. Noch vor ein paar Jahren hatte sie von einer rosigen Zukunft geträumt. Vor allem, nachdem sie Andreas geheiratet hatte. Mit Kindern wollten sie noch warten, da waren sich die beiden einig. Sonst wären die tollen Reisen, die sie zusammen mit ihren sogenannten Freunden unternommen hatten, nicht möglich gewesen. Außerdem hätte Vivienne bei einer Schwangerschaft um ihre gute Figur bangen müssen. Und nun, was hatte sie davon? Mit ihren 35 Jahren war kein Land in Sicht und Andreas vergnügte sich mit einer jungen Geliebten. Ihre gemeinsamen Freunde wollten nichts mit ihr unternehmen. Ohne ihren Mann war sie anscheinend für alle unsichtbar. Vivienne schluchzte laut auf und verlor sich noch mehr im Selbstmitleid. Nach gefühlt mehreren Stunden, es wollten einfach keine Tränen mehr kommen, rief sie sich zur Vernunft und murmelte vor sich hin: »Es muss doch noch Freundinnen geben, die nicht auf der Seite meines Ehemannes sind. Denen ich auch etwas wert bin.« Es fielen ihr drei Frauen ein, mit denen sie schon ab und zu shoppen und Kaffeetrinken gewesen war. Da waren natürlich auch noch ihre früheren Freundinnen Tamara und Eliane. Sofort schlich sich bei den Gedanken an die beiden ein schlechtes Gewissen bei ihr ein. Wollte sie doch mit Eliane, nachdem diese von ihrem Mann Markus verlassen worden war, nichts mehr zu tun haben. Schließlich war das ja auch ein Freund von Andreas und somit war klar, dass sie diese Freundschaft nicht länger aufrechterhalten konnte. Damit entschuldigte Vivienne ihr damaliges Verhalten. Als ihre Freundin kurz darauf an Brustkrebs erkrankt war, tat ihr das zwar leid, aber für so etwas hatte sie eben damals keinen Nerv gehabt. Außerdem war zu diesem Zeitpunkt der Kontakt schon eine Weile abgebrochen gewesen. Und Tamara? Ja, diese war zunächst ihrer Meinung gewesen, war aber schließlich doch zu Eliane gegangen, hatte sich bei ihr entschuldigt und dann sogar noch in deren Café bedient, das die Freundin in der Zwischenzeit eröffnet hatte. Damals war Tami dann auch für sie gestorben. So ganz konnte Vivienne ihr damaliges Verhalten nicht mehr nachvollziehen. Aber so war es nun einmal. Entschlossen erhob sie sich, ging in die Diele, nahm das Telefon, das sich dort auf einem kleinen stilvollen Schränkchen befand, aus der Station und ließ sich auf den modischen pinkfarbenen Sessel fallen. Nachdem sie die Nummer von Petra eingetippt hatte, wartete sie ungeduldig, bis diese das Gespräch annehmen würde. Petra war die Frau eines Freundes von Andreas und sie hatten schon ein paarmal zusammen Golf gespielt. Sie erschien Vivienne immer sehr nett.

»Hallo«, klang es ihr entgegen.

»Hallo Petra, ich bin es, Vivienne. Ich wollte fragen, ob du vielleicht Lust hast, einen Kaffee mit mir trinken zu gehen?«

Nach einer kurzen Pause, Vivienne dachte schon, dass die Verbindung abgebrochen war, antwortete ihre Gesprächspartnerin schließlich: »Du, Vivi, sei mir nicht böse, aber ich habe im Moment unheimlich viel zu tun.«

»Klar, das verstehe ich doch, aber es muss ja auch nicht heute sein«, antwortete sie, während sie überlegte, was Petra denn zu tun haben könnte. Sie arbeitete nicht und hatte eine ganztägig beschäftigte Putzfrau.

»Ja, aber auch in den nächsten Wochen ist es sehr schlecht. Ich weiß im Moment überhaupt nicht, wo mir der Kopf steht.«

»Okay, ich habe schon verstanden.«

»Jetzt sei doch nicht gleich beleidigt. Ich.......«

Aber Vivienne hatte die Antwort nicht abgewartet und nach einem kurzen „Tschüss" aufgelegt. Nun wählte sie die Nummer von Sabine, die auch aus dem Freundeskreis ihres Mannes stammte. Nach dem zweiten Klingeln wurde das Gespräch angenommen.

»Ja, Schneider.«

»Hallo Sabine, wie geht es dir?«

»Gut, und selbst«, kam die kühle Antwort und Gegenfrage.

»Es geht so. Ich wollte fragen, ob wir beide nicht einmal etwas zusammen unternehmen könnten?«

»Sei mir nicht böse«, erwiderte Sabine geradeheraus. »Wir wissen inzwischen alle, wie es um eure Ehe steht. Auch, dass Andi eine Freundin hat. Da ist es doch absehbar, dass ihr beide euch trennen werdet und ich würde es unter diesen Umständen nicht in Ordnung finden, weiterhin mit dir in Kontakt zu bleiben. Schließlich sind unsere Männer eng befreundet. Verstehe mich bitte nicht falsch, aber……«

Mehr wollte Vivienne nicht hören und beendete auch dieses Gespräch. Unruhig ging sie in dem riesigen Wohnzimmer auf und ab. Verunsichert schaute sie sich in ihrem Reich um. Würde sie ausziehen müssen? Stand ihr überhaupt Unterhalt zu? Sie hatte nach ihrer Ausbildung als Industrie-kauffrau sofort aufgehört zu arbeiten und gehei-ratet. Andreas meinte, dass seine Frau es nicht nötig hatte, berufstätig zu sein. Das kam Vivienne zu diesem Zeitpunkt sehr gelegen, da ihr der er-lernte Beruf sowieso keine Freude bereitet hatte. Aber nun brach ihr der kalte Schweiß aus, wenn sie an ihre Zukunft dachte. Ihre Eltern waren vor drei Jahren kurz hintereinander gestorben und Geschwister gab es keine. Sollte sie vielleicht…? Nein, das konnte sie doch nicht machen, nach die-ser langen Zeit. Doch, sie würde es wagen. Was hatte sie denn schon zu verlieren. Morgen würde sie in Elianes Café gehen. Es musste doch irgend-jemand zu finden sein, bei dem sie sich mal so richtig aussprechen konnte.

Café

Tamara eilte auf den Vierertisch gegenüber der Theke zu. Eine der drei Frauen, die dort saßen, hatte schon zum zweiten Mal die Rechnung verlangt. So etwas gab es bei ihr normalerweise nicht. Aber irgendwie fühlte sie sich schon seit Tagen nicht mehr richtig wohl. Was war nur los mit ihr? So etwas kannte Tamara nicht. Etwas schwindelig war ihr auch schon den ganzen Tag. Seit einem halben Jahr, seit Robert und sie zusammen waren, war sie nur glücklich und fühlte sich gesund und munter. Robert war der Besitzer des Hauses, in dem sich das Café ihrer Freundin Eliane befand. Diese kümmerte sich vormittags um die Gäste und Tamara löste sie mittags ab. Eine Stunde arbeiteten die beiden dann immer zusammen, da auch Mittagstisch angeboten wurde. Eine Person konnte das alleine nicht bewältigen. Nachdem Tamara bei den drei Damen abkassiert hatte und bei den anderen Gästen gerade keine weiteren Wünsche offen waren, ließ sie sich kurz auf dem kleinen Hocker hinter der Theke nieder und grübelte weiter. Sie würde doch nicht krank werden? Doch nicht jetzt, wo Robert mit ihr in den Urlaub fahren wollte. Wohin, das sollte eine Überraschung werden. Sie wurde aus ihren Gedanken gerissen, weil sich die Tür des Cafés öffnete und eine Frau auf den gerade frei gewordenen Tisch zusteuerte. Alle anderen Tische waren besetzt.

Das Café lief hervorragend. Kurz nach der Eröffnung war Eliane schwer erkrankt und hatte es trotzdem geschafft, sich einen guten Ruf aufzubauen. Das war vor allem ihren Freundinnen Rebecca und Klara zu verdanken, die ihr in dieser schweren Zeit geholfen hatten. Die Freundschaft und das Café waren ihnen so wichtig, dass sie auf eine Bezahlung verzichtet hatten.

Tamara steuerte auf den neuen Gast zu und blieb mitten im angefangenen Satz stecken. »Hallo, was kann ich Gutes für …« Ihr verschlug es regelrecht die Sprache. Das konnte doch jetzt nicht wahr sein. Was machte denn diese eingebildete Person hier? Das Café war doch nie gut genug für sie gewesen. Und wie sah die frühere Freundin überhaupt aus? Die langen blonden Haare hingen strähnig und fettig an ihr herunter. Vivienne war leichenblass und wenn sie früher schlank gewesen war, war sie jetzt einfach nur dürr. Das alles ging Tamara blitzschnell durch den Kopf. Als sie sich wieder gefangen hatte, sagte sie frostig: »Was willst du denn hier?«

»Bitte Tamara, lass uns miteinander sprechen. Es geht mir nicht gut. Ich brauche deine Hilfe. Denk doch an unsere Freundschaft.«

»Das fällt dir aber früh ein«, entgegnete Tamara bitter. »Also, außer Kaffee und Kuchen oder etwas anderes zum Essen kann ich dir nichts bieten.«

Sprachlos sah Vivienne ihre damalige Freundin an. So kannte sie diese nicht. Früher war Tami immer hilfsbereit gewesen. Sie hatte Vivienne immer bewundert und ihr nie widersprochen. Bis zu dem Zeitpunkt, wo sie sich von ihr abgewandt und sich für die Freundschaft mit Eliane entschieden hatte. Entsetzt schaute sie Tamara an. Ein paar Tränen liefen ihr die Wangen hinunter. Dann gab sie sich einen Ruck, erhob sich und meinte: »Okay, ich habe verstanden. Ich brauche nichts zum Essen«, und verließ wortlos das Café.

Eliane kam pünktlich um 12 Uhr, um Tamara abzulösen. Sie hatten heute ihre Arbeitszeiten getauscht, da sie am Vormittag einen wichtigen Termin gehabt hatte. »Hi, Tami, wie siehst du denn aus?«, begrüßte sie ihre Freundin. »Geht's dir nicht gut?«

»Hallo Eli, doch, alles in Ordnung.« Weiter kamen die beiden nicht, da um die Mittagszeit immer viel los war.

»Tisch vier hat einmal die Maultaschen und zweimal den Wochensalat bestellt. Die haben gesagt, sie haben es eilig«, zischte Tamara noch im Vorbeigehen ihrer Freundin zu. »Heute ist ein schlimmer Tag. Niemand hat Zeit. Alle sind genervt.«

Irritiert sah Eliane sie an. Solche Beschwerden kannte sie so gar nicht von Tamara. »Du siehst gestresst aus. Komm, ich mach das. Schau du nach den anderen Gästen. Tisch zwei will bezahlen.« Nachdenklich ging Eliane in die kleine Küche hinter der Theke und fing an die Salate zu richten. Natürlich war alles vorbereitet. Zu den drei üblichen Gerichten, die alle vier Wochen wechselten, gab es immer noch ein weiteres Essen, nur für jeweils eine Woche. Dieses Mal handelte es sich dabei um einen Salat mit Hähnchenstreifen.

Erst um 13 Uhr, als Tamara sich verabschieden wollte, war es etwas ruhiger. Eliane hielt sie am Arm fest und meinte: »Jetzt sag schon, was ist los? Es stimmt doch was nicht mit dir.«

Seufzend erwiderte ihre Freundin: »Dann komm halt kurz nach hinten, ich erzähle es dir.«

Eliane folgte ihr kopfschüttelnd in den kleinen Aufenthaltsraum, der sich links am Ende der Theke befand. Sie setzten sich auf das kleine Sofa, das für zwischendurch zum Ausruhen diente, und

Eli wartete geduldig, bis ihre Freundin loslegte: »Ja, du hast Recht. Es geht mir heute nicht besonders. Ich weiß auch nicht, was los ist und hoffe, dass ich nicht krank werde. Du weißt ja, dass wir in den Urlaub wollen. Darauf freuen wir uns schon so lange. Was mich aber auch beschäftigt, ist, dass Vivienne da war.«

»Waaas«, fragte Eliane gedehnt. »Unsere Vivienne?«

»Ja, genau, unsere alte Freundin«, antwortete Tamara sarkastisch.

»Und? Was wollte sie?«

»Keine Ahnung. Sie sah ziemlich fertig aus, das muss ich schon sagen. Blass, rote Augen und klapperdünn und....«

»Ja, aber sie war doch nicht einfach hier zum Kaffeetrinken. Oder?«

»Ich weiß es nicht. Wohl eher nicht.«

»Wie, du weißt es nicht?«

»Sie wollte mir irgendwas sagen.«

Langsam wurde Eliane ungeduldig. »Jetzt rede halt endlich. Ich muss wieder raus. Bestimmt wollen einige bezahlen, weil ihre Mittagspause bald vorbei ist.«

»Es hat mich nicht interessiert«, entgegnete ihre Freundin barsch.

Entsetzt schaute Eliane sie an. Das passte gar nicht zu ihrer Tami, die immer überall helfen wollte. »Wie, du hast sie dann einfach so gehen lassen?«

»Ja.« Beschämt senkte Tamara den Kopf. »Es tut mir jetzt auch leid. Aber was soll ich denn nun machen. Heute war mir irgendwie alles zu viel und ich habe so schlechte Erinnerungen an die Zeit von damals.«

Einen Moment lang sagte die Freundin gar nichts, schaute dann Tamara nachdenklich an, legte ihr die Hand auf ihre Schulter und entgegnete: »Jetzt geh zuerst mal nach Hause und ruh dich aus. Ich werde Vivienne anrufen. Irgendwo muss ich ihre Telefonnummer noch haben.«

»Würdest du das wirklich tun?«, seufzte Tamara erleichtert auf. »Obwohl sie dich damals so im Stich gelassen hat?« Es fiel ihr ein Stein vom Herzen.

»Klar, das ist Schnee von gestern.«

Die Freundin umarmte Eliane heftig, drehte sich herum und verließ, nachdem sie ihre Tasche aus dem kleinen Schränkchen geholt hatte, eiligst den Raum.

Seufzend ging Eliane zurück ins Café. Es waren wieder neue Gäste gekommen, einige wollten noch etwas bestellen, andere bezahlen. Langweilig wurde es ihr an diesem Nachmittag nicht. Sie kam erst abends wieder zum Nachdenken...

Manuela Kusterer

Die Liebe, das Leben und die täglichen Katastrophen

Roman

Seiten: 176
ISBN: 9783746008998

Eliane müsste eigentlich glücklich sein, denn sie hat alles, von dem andere nur träumen. Einen gut verdienenden Mann, ein schönes Haus und genügend Geld, um ein angenehmes Leben führen zu können. Aber sie ist nicht zufrieden. In ihrer Ehe kriselt es, ihre Freundinnen hören ihr nicht zu und ihren Traum, ein Café zu eröffnen, kann sie nicht verwirklichen, weil ihr Ehemann dagegen ist. Dann wird Eliane von einigen heftigen Schicksalsschlägen getroffen. Wird sie vielleicht dadurch erkennen, was und vor allem wer wirklich wichtig ist im Leben?

Schwarzwaldserie „Lea und ihr Team"

Band 1: Das Schweigen im Schwarzwald

Band 2: Die Tote, die noch lebt

Band 3: Rache oder Wahnsinn

Manuela Kusterer

Hass oder Verzweiflung

Lea und ihr Team
Vierter Fall

Schwarzwaldkrimi

Seiten: 196
ISBN:9 783752877878

Ein Mann wird im Nordschwarzwald tot in seinem Auto aufgefunden. Dass es Mord war, steht schnell fest. Das Schömberger Polizeiteam wird informiert und nimmt die Ermittlungen auf. Da bleibt keine Zeit mehr, sich in Ruhe an die neue, hübsche Kollegin zu gewöhnen. Als kurze Zeit später eine Frau auf die gleiche Art und Weise ermordet aufgefunden wird, verbreitet sich die Angst, dass der Täter noch einmal zuschlagen könnte. Wird das Team weitere Morde verhindern können?

Manuela Kusterer

Wer nicht vergessen kann muss töten

Regionalkrimi

Seiten: 208
ISBN: 9 783735721549

Späte Rache...

Es ist nicht das erste Mal, dass Privatermittler Andreas Stahl einen Drohbrief bekommt. Aber dieses Mal spürt er die Gefahr greifbar nahe. Der Verfasser des Briefes droht, sein Leben zu zerstören. Acht Wochen danach verschwindet seine Frau spurlos. Die Polizei unternimmt nichts, weil es keine Anzeichen für ein Verbrechen gibt. In Pforzheim wird eine Frau auf entsetzliche Weise ermordet. Für die Ermittlungen ist das Polizeirevier Pforzheim zuständig.
Das Team befürchtet, dass das erst der Anfang ist. Nachdem Stahl von seiner totgeglaubten Frau einen verzweifelten Anruf bekommt, beginnt er die Suche nach ihr.
Die Spur führt ins Ausland. Im Zuge der Ermittlungen kreuzen sich die Wege des Detektivs aus Karlsruhe und der im Mordfall ermittelnden Polizeibeamten. Hat das Verschwinden von Margarete etwas mit dem Fall zu tun?

Manuela Kusterer

Gefährliche Entscheidung

Kriminalroman

Seiten: 308

ISBN: 9783751937092

Wie eine falsche Entscheidung das Leben verändern kann….

In Pforzheim fühlt sich Luisa Kessler beobachtet und verfolgt. Nach dem Tod ihres Mannes versucht sie, sich zusammen mit ihrer Tochter Annabelle ein neues Leben aufzubauen. Als sie gerade beginnt wieder glücklich zu sein, erhält sie eine Nachricht, die ihre ganzen Pläne ändert.
Ungefähr zur gleichen Zeit wird in Berlin eine Studentin bestialisch ermordet.
Nachdem eine weitere junge Frau auf die gleiche Art und Weise ermordet aufgefunden wird, ermittelt das Polizeiteam auf Hochtouren. Bald wird Hauptkommissarin Maren Westphal und ihrem Kollegen klar, dass es der Täter noch auf ein weiteres Opfer abgesehen hat. Es ist ein Wettlauf mit der Zeit.

Gefährlicher Deal

Kriminalroman

Seiten: 212

ISBN: 9783753481623

Gefahr, Geld und Liebe…

Nach einem Treffen mit den Eltern ihres Verlobten verschwindet Gabriele spurlos. Auf der Suche nach ihr hat Raphael einen schweren Verkehrsunfall und liegt im Koma. Als er sich etwas erholt hat, erfährt er, dass seine Freundin wie vom Erdboden verschluckt ist. Verzweifelt versucht er sie zu finden. Dabei hilft ihm Sophie, die er vor Kurzem kennengelernt hat. In einem unbedachten Moment begibt sich diese in große Gefahr und bleibt ebenfalls verschwunden. Nun muss sich Raphael um beide Frauen sorgen. Zeitgleich ermitteln Hauptkommissarin Maren Westphal und ihr Kollege in einem heiklen Fall. Eine junge Frau, die niemand vermisst, wird tot aufgefunden. Hängt das Verschwinden von Gabriele und Sophie damit zusammen? Wird Raphael und das Berliner Polizeiteam sie rechtzeitig finden? Oder droht ihnen das gleiche Schicksal wie der Unbekannten?